U0840441

愿你可以自在张扬

刘开心 著

北京联合出版公司
Beijing United Publishing Co.,Ltd.

自序

这是我的第一本书。

我不知该如何作序，来开启这一本书的序幕，于是打开了主题为“一分钟教你学会序言怎么写”的教学网页。——五分钟过去了，我仍然完全没有学会任何技巧。然而就在我坐下来，对着键盘敲击出这几行字之前的所有岁月，都成了这本书的“序”。

31 年。31 千克。血钾 1.3 毫摩尔 / 升。七十余次空肠营养管置入术。多关节习惯性脱位。心脏起搏器。输液港。……我是一个“潜伏”在健康人群体之中的罕见病人——你可以这样定义我，如果你对“健康”的定义同大多数人一样。又或者，你可以慢慢认识我，从这本书开始。

还记得幼年时与爸爸闲聊，他问我“长大以后想做什么”。我说，如果我能好好长大，就写一首诗吧；如果长大以后的世界太过糟糕，就写一个童话。

在人间，在路上，不知不觉已是三十余载的跌跌撞撞。我没有“凡走过必留下痕迹”的壮志，只希望自己能够多看看沿途的风景。

我对自己的定位从不是“罕见病人”，或者说，至少远不止是病患。这不是一则关于苦难的故事，遗憾的是，这也并不是一本关于“如何战胜苦难”的励志传说。我想聊的不是疾病，而是艺术、爱与自由，还有……生命吧。

如果可能的话，就让我再写一首诗吧，哪怕是在编织了无数个童话之后，也没关系。

1

我就是很美的诗歌

2 咽下了童年

3

在爱之中，我得以遇见自己

4

幸运的人类会被更纯净的生命收留

5

相信自己会等到奇迹吗

致谢

1
我就是很美的诗歌

许是出于与生俱来的矫情与共情力，
我常为世间万物感动，也曾被自己撞击。
不如就把一切感受当作与这世界的共鸣，
哪怕是身处不透一丝光明的夜，
何惧受困于这躯壳中的狼狈与风声撕碎的死寂。

我

你是否愿意谱曲给我
纵使
我写不出很美的诗歌

阳光炙烤
我是天空中荡游的土地
是湖泊中焦灼的天空

我是辨不清四时更迭的云朵
是平静海面下黑暗的旋涡
我是梦想中优雅的苍老
是光阴中惊惧的蓬勃

我是妄想盛放的青绿色小草
是唱诗班里兀自的静默
我是拉扯生命的祈祷
也是依旧微笑的从容

你是否愿意谱曲给我

假使

我就是很美的诗歌

我和我的医生小伙伴，她强烈申请让这幅画出现在书里。

写在当你读到我的时候

我是一个潜伏在健康人群体中的罕见病患者。我患有EDS，全称是 Ehlers-Danlos Syndrome，即埃勒斯 - 当洛综合征，症状包括皮肤过度伸展、关节松弛、消化道瘫痪、心脏问题、免疫系统异常，等等。

罕见病在诊断的环节就已经困难重重。

我自婴幼儿期开始出现症状，在自体免疫、心肺功能、营养状况、关节与皮肤状态方面都有些小问题，小时候以吃流食与半流食为主，十岁之后身高、体重再也没有增加，但自己与家人都没有意识到问题的严重性。还记得小时候半夜疼醒了就坐在床上发呆，无助又困惑。

不过有什么可抱怨的呢？世界上就是有很多这样的事，残忍又没道理。好在还有很多我可以做的事，比如上学，比如画画，比如照顾自己和家庭，又如认识可爱的你们。

愿每一个孩子都能好好长大，每一个长大的我们都不愧对那个曾经的小孩。愿疾病得医治，愿健康被珍惜。愿你我开心，愿世界开阔。愿不再被痛吻着，愿阳光正好，愿我们报之以歌。

无题

那位名字很长的作家
他说
“让你的心碎成为艺术”

可我不想　做一个心碎的艺术家
我愿庸俗而快乐
肤浅而松弛

随那些深沉的人深刻
让不畏孤独的人思索
任不惧苦难的人悲壮

一盏灯
一盏茶
我坐在地上
听不见屋外的风雪
与英雄主义的悲伤

我不想做一个心碎的艺术家。

不能永远开心，那就永远开阔

“在森林深处，生活着一只小熊。有一天，它被灌木划伤了，鲜血染红了皮毛。其他的动物同伴纷纷表达了同情与慰问，还为它送来了浆果。小熊得到了很多安慰，可是每当讲述一遍受伤的经过，都要伴随着再一次地展示伤口。随着伤口一次又一次暴露，受伤的小熊再也不会痊愈了……可小熊没有办法停止撕扯那个伤口，因为它不知道如果失去了大家的安慰浆果，生活会不会变得比受伤本身更难熬。”

这是我年幼时，爸爸讲过的睡前故事，就像每一个他所讲的睡前故事一样没有结局。我当时关注的重点在于：“小熊喜欢吃浆果吗？我一直以为熊是肉食动物，原来是杂食动物啊。”

熊的确是杂食动物，但是这在这个故事中并不重要。

重要的是:“你是想要成为一只不断得到安慰却久久无法痊愈的小熊，还是成为一只甘愿独自疗伤但说不定会看到伤口渐好的小熊呢？”

还记得我当时的答案是:“我想要成为其他的小熊。比如，给受伤的小熊送去浆果的那只小熊。”——我总会在 A 与 B 的选项中选择 C，那些睡前故事也总是因讲故事的人先于我睡去而没有了结尾。

2015 年夏末，在美国纽约的一所医院里，我被确诊了 EDS。我的确诊似乎是一场注定发生的意外。医生对着我原本为了排查其他疾病而做的基因检测报告看了又看，露出比我更困惑的神色。“这是什么病？”我问医生。“稍等。让我来查一下。”她打开网页开始检索。答案已经不再重要了——原来困扰我多年的“矫情症状”竟是连医生也尚未听说过的罕见疾病。

“娇气、矫情、多事、麻烦、脆弱……”诸如此类的评价伴随着我人生初始的二十余年。与生俱来的病痛使我未曾察觉自己与健康人的不同，或许也察觉出了，却并未细想——我曾天真而自欺欺人地以为所有人的每分每秒都是在关节与肌肉的剧痛中度过的，以为所有人都会在进食时痛不欲生、在半夜无数次被疼痛叫醒。我以为身边的所有人都不过是因为比我坚强，而没有把疼痛说出来罢了。

从还在襁褓之中起，我便开始对自己的汗液与眼泪过敏。一次啼哭，一次暑热，都会让我周身爬满密密麻麻的小红疹，奇痒难耐，又伴着阵阵灼热的刺痛。不知是从什么时候起，我渐渐学会了在看到红疹出现时命令自己停止哭泣，任疼痛感或情绪在脑海中肆虐，却不再允许下一滴眼泪掉下来。现在想来，在尚且不谙世事的年纪无数次救我于无形的不是坚毅，而是求生的本能罢了。

我是从何时起意识到自己与大多数人有些不同的呢？或许是在第无数次受伤的时候吧……幼年时，我常常由于关节无法受力而摔伤，在小时候的照片里，我的膝盖与手肘常年被万紫千红的药水画着各种图案，有些写实，有些抽象——画风比较稳定的多出自我妈妈之手。彼时常见的外用药有“红药水”与“紫药水”两种，我和妈妈分工明确，各司其职，我用紫药水在左膝画一串葡萄，她用红药水在我右膝画一枚太阳。然而“紫药水葡萄”与“红药水太阳”对伤口的疗愈力比起对心情的疗愈力还是逊色了些，有时伤口久久不能愈合，还是需要专业人士的帮助。家附近没有医院，唯一的医疗机构是被称为“卫生所”的卫生保健中心。至今记得六岁那年，我曾在一次换药之后，眼看着自己的皮肤如破旧的墙皮般脱落，被医生阿姨用镊子取下，腿上则留下一小片空荡荡的鲜红。我呆呆看着，没有一丝恐惧，好像是在盯着别人的伤口，也感觉不到疼痛。——那一片片斑驳的碎裂的已经“死掉了”的皮肤，和我再也没有关系了。

在记忆的最初，疾病为我带来的“社交隔离”在外貌面前不值一提。天生金发、白皮肤、眉毛与睫毛更是浅得如同不存在一般——由于先天缺少黑色素，小时候的我显得与人群格格不入，不得不时刻提防着熟悉的或陌生的孩童从身后揪住我的头发，顺从着邻里打趣般的绰号，忍耐着师长们的评头论足，抑或是无端指责。

为什么我与生俱来的样子会成为大家茶余饭后的谈资？会被检查仪容仪表的老师怒喝："就是你这一头黄毛影响了班集体的荣誉！丢人现眼的东西！"我至今仍感到荒谬。

与外貌并驾齐驱的童年困扰是我的名字。我叫刘开心。关于这个名字的"玩笑"可以追溯到早在我明白"开心"二字的含义之前，那时我还是个小孩，哭泣时常常被身旁的大人笑嘻嘻地揪住胳膊问："你是开心吗？你开心吗？"我哭着点头，试图跑开，他们却不依不饶："哟嗬，开心哭了呀！开心哭了还是开心吗？开心今天开心不开心呀？"我无力又困惑，哭着，怎么也甩不掉那只捏着我胳膊的大手和直钻进耳膜的笑声。直到后来，我成了大人，才知道大人可以多么无聊又残忍，大人的笑话原来大多都并不怎么好笑。

没有谁是永远"开心"的，哪怕是拥有这个名字的人也不例外。由于一些在现在的我看来并不足以毁灭一切的家庭变故，我的童年在五岁那年戛然而止，我变成了不得不守护"真正的大人"的"小小的大人"。时至今日，我都觉得察言观色与谨小慎微是一个小孩所能习得的最残忍的“美德”。

在小小的年纪被迫成为“大人”，犹如播下了一颗焦虑的种子，催生着连呼吸都不敢恣肆的压抑。我对于小时候的记忆仅剩下一些零星的碎片，比如，五岁那年在锐利的疼痛中醒来，怕吵醒父母而不敢发出声响，就裹着被子缩在床上，等待新的一天；又如，六岁那年跨区去接比我小两个月的表妹，途中要转两次公交车，还要经过熙攘又杂乱的交通枢纽；再如，十二岁那年在亲人离世时被分配到给全家人做饭的任务，我在厨房的油烟中用力昂着头不敢流泪，小心翼翼地听着客厅传来的啜泣与低语……我是大人们口中最懂事的、最独立的、最让人放心的孩子，“什么都能打理好，从来都不让人担心”。

我是从来都不让人担心的孩子，我只是常常会在四周无人时偷偷钻进衣柜或者洗衣机的滚筒，用双手环抱住自己，直至指甲一点点嵌入肩胛骨处的皮肤里也无法停止。两秒钟吸气，三秒钟吐气，慢一些，再慢一些……我是从来都不让人担心的孩子，我只需要缩在狭小的秘密空间里，重新教会自己呼吸。

最近重新想起幼年时反复经历的梦境：我在荒野之中看到一头野兽，它背对着我，咯吱咯吱地啃噬一具骨架。疼痛愈加尖锐，我感知到那是我的骨骼，于是飞奔向它，想去救我所剩无几的残骨。而那野兽却在这时转向我，映入眼帘的分明是我自己的面孔——我的焦虑便是这样一头瘦骨嶙峋的野兽，在梦的肃杀中惶惶地踱步，消耗着它，也侵蚀着我。梦中的疼痛是真的吗？我呢？哪个我又是真实的呢？

也许梦中是我。梦醒是我。旁观者是我。拯救者是我。残骨是我。野兽是我。都是我。有时我并未入眠，却也不甚清醒。有时我关上所有的灯。有时我躲进衣柜里。我是荒野之中的猛兽，咯吱咯吱地咀嚼恐惧，咀嚼黑夜，咀嚼寂静。

我从未真正走出焦虑，而只是在学着逐渐接纳一个始终不安的自己。虽然并未痴迷过网络游戏，我却希望现实世界的规则像在游戏中一样：我们可以通过攻克关卡来积累战斗力和能量值，时不时地会在路边捡到补给更多生命力的能量瓶，就算一不小心在游戏中阵亡，也有机会重启关卡。**闯过的关卡越多就越强大，永远不会因为在为生命抗争而变得更虚弱。愈战愈勇，而非徒劳地消耗。**

与疾病共处三十余年，仍然很抵触听到身边的人对我说："都这么多年了，你应该早就习惯身体的不适了吧？"好像只要足够坚强、足够乐观就足以对抗不能控制这具躯体的无助与无力感。**我理解的"绝望"不只是一种心理感受，还是0%的治愈率，唯有带着绝望撑下去才有一线生机。**

在四五年前，我曾随爸爸赴过一个尴尬的饭局，席间被一位不甚熟识的长辈训诫："你这身体就是吃冰激凌吃坏的，再加上天天熬夜玩手机！你们现在的年轻人不都是这样吗。要是每天自己熬点粥喝，早睡早起，肯定什么毛病都没有！"在被她身旁的人轻声告知我所患的是先天性疾病之后，矛头又转向我爸——"你是不是上辈子造了什么孽啊，这辈子才报应在孩子身上。自己遭罪不说，多对不起孩子啊！"

记不清类似的情形在我和我的家人身上发生过多少次了。我曾在几年前问过父母，是否曾因为不能给我健康的身体而感到愧疚或自责。“真的没有，”妈妈说，“我从不曾觉得亏欠了你。也并不觉得上天亏欠了你。你经由我来到这个世界，本就带着太多的未知。做你的母亲，我受宠若惊，有时甚至诚惶诚恐。我想要给你最好的一切，也难免会有无能为力、无可奈何的时候。但疾病不是我们的错误，更不是对你的惩罚。它只是……就那样发生了。如果我们期待的是世界的绝对公平、人与人的绝对一致，恐怕很难不陷入愤懑与纠结，那样的人生才会更辛苦吧。”

焦虑与怨念有时比疾病本身更令人精疲力竭。我并不是一个生来便具备稳定的“情绪内核”的人，曾在长达数年的时间里陷入低谷，几乎无力对抗被囚禁在自己身体之中的无助感。我曾在确诊后不久问过一位医生：“能请您告诉我其他相似情况的人都是怎么撑下来的吗？因为我实在不知道该怎么撑下去了。”医生沉默良久，对我说：“如果你想要的是一个坦诚的答案，那么……说不定他们没有撑下来。”

有些问题的答案就是比问题本身更令人迷茫。既然如此，不妨就再坚持一下吧。说不定我会在未来的某一刻成为那个告诉他人该如何撑下去的人呢？

有一天，我问自己：要如何定义“健康”呢？你又在羡慕“健康人”什么呢？假设你目前的身体状态是健康的，有什么事情是你迫切地想要去达成的吗？我在笔记本的背面罗列出了渴望完成的事情，包括写诗、画画、骑马、选择喜欢的专业、学习不同的语言、结识有趣的人、认识并接受自己……

在写下十几个愿望的时候，我猛然间意识到：认为自己需要拼命去证明“健康人可以做到的事我也同样可以做到”，这种想法本身就不甚健康吧？而拥有健康的身体也未必是实现每一个愿望的充分必要条件。很多原以为遥不可及的梦想，也许不过是被自我怀疑阻挡着罢了。那是平淡无奇的一天，阳光洒在面前摊开的书页上和上课时开小差的我的身上，我呆呆地坐着，就那样与自己和解，也与疾病和解了。

许是由于“开心”这个名字的暗示或引导意味，常有人对我说：“你得开心一点，才对得起你的名字。”就像小时候不知该如何应对关于名字的玩笑那样，现在的我仍无法顺应他人的刻板解读。我开心吗？这个问题很难回答。也许最确切的答案是：我并不常常是开心的，但是没有关系。开心或悲伤、平和或焦虑，都只不过是情绪而已。而情绪最有趣、最美妙的特质，恰恰是在于它是时刻流动而非永恒不变的。我们倾向于寻求快乐与平和，并不是因为它们比悲伤与焦虑更有意义，而只是因为它们承担起来更轻松、应对起来更容易罢了。所以真的有必要要求自己时刻保持情绪稳定吗？也许能稳定下来的不是情绪，而是我们对自我与世界的认知和接纳。

在被“必须开心起来”的枷锁牢牢套住的三十多年之中，我始终无法理解情绪与想法为什么会被分为“积极的”与“消极的”、“乐观的”与“悲观的”、“正能量的”与“负能量的”。

任何感受都是真实且合理的，难过与忧虑并不会使我们更加软弱，愤怒与纠结也并不见得会令我们变得邪恶，而承认恐惧与直面焦虑则是我所能想到的最勇敢的事了。

眼前的困境会好起来吗？我不知道。我非常想知道接下来应该何去何从，但若是在今天执着于为明天而焦虑，说不定会因心力交瘁而撑不到后天。所以还不如选择过好今天。生活每时每刻都充斥着许许多多的无能为力。面对无法改变的绝境，我不是没有沮丧，只是不再那么不甘心——与其去想“为什么是我”，倒不如想想为什么不能是我呢？既然是我，又如何呢？

如果把全部的希望都寄托在疾病能否痊愈、我爱的人会不会爱我、会不会拼尽全力也依然得不到认可……这些无法依靠一个人的内驱力轻易改变的事情上，那么我们难免都会处在失望的状态。但如果把生活的重心放在每一件可以把控的小事上，反而不再需要那么努力地咬紧牙关硬撑，也能积累起一些小小的成就感，留下值得记住甚至值得庆贺的小小瞬间。

还记得某一次在医院的病床上醒来，拨通了妈妈的电话，懒懒地笑说这家医院竟然有用肠内营养液做成的巧克力布丁，味道还不错。彼时远在千万里之外支教的妈妈对我说，她正坐在独木舟里，漂在水中央，不远处有醉醺醺的当地人在嬉闹，笑声像呼啸。我笑了，她也笑了。好巧，我们都在聊贴近生命的事呢。

当然，我希望每一个正在读着这行字的你都可以是健康的，是快乐的，而我更希望看到的你是丰富的，亦是纯粹的。我希望你的勇气得以被挑战，你的脆弱得以被保护，你的敏感得以被珍惜。我希望你可以在这天地间求得共鸣、觅得知音；也希望你可以与众不同，不必为仍带着初来这世上时的稚气或傲慢而厌弃自己。我希望无论健康或疾病、快乐或悲伤的你，都可以是有质感的张扬的生命。

没有谁是永远“开心”的，即便“拥有”这个名字的人也不例外，但你可以永远勇敢、永远自由。你的勇敢不是无所畏惧，而是有勇气与畏惧相处。你的自由不是毫无边界，而是看清边界却不视之为枷锁。愿你可以坦然体察那些平和或焦躁的情绪，愿你关心一草一木，愿你接纳自己，愿你充分感受每个时刻。愿你的每一段平稳都带来心安而非无聊，愿你的每一段曲折带来更多风景而非伤痕。

我希望开心之余的你是开阔的——有爱的力量也被爱着，有包容力也被包容。我希望焦虑之外的你是有趣的，是灵动的，是激情的、热烈的、奋不顾身的，也是沉静的、思索的、波澜不惊的。

如果无法与疼痛的、焦躁的、压抑的、脆弱的、疯狂的自己和解，就给自己一个拥抱吧。因为每一个“自己”都是勇敢的自己，每一个我们都已经做得很好了。在变幻莫测又分崩离析的岁月里，愿你我与世界始终是彼此接纳的。

我是荒野之中的猛兽。

心有猛虎，严禁投喂

常常有人半开玩笑半认真地问我，为什么不考虑通过卖画来筹集医疗费用。可是作为一个对艺术并没有什么见地的业余爱好者，我若打着“筹集医药费”的噱头卖画，那是卖画，还是“卖惨”呢?

我是一个很容易钻进死胡同的人。直到有一天，我误打误撞走进了一个“最死的”死胡同，走累了，便搭了个房子住进去——从此避免了误入其他死胡同。我羡慕那些能够把艺术作为宣泄的出口、表达的渠道的人。艺术于我而言不是出口，它是我独处的死胡同。

妈妈时常告诫我，不在社交平台过多地展示负能量是成年人的美德。她曾说：“人是一种没有弹性限度的动物，无论在怎样的境地，我们都能，也都得生活下去。”我却越来越觉得人并不是具有无限的弹性或复原力，而是在生活的撕扯中不断发生着塑性形变，成为每时每刻都不同的自己。

爸爸说那些“讲得太美的，往往就只是故事而已”。也许是吧，太多人更情愿相信一个“经过不懈努力克服了病痛”的美好故事，而回避了“乐观与努力并不总能带来奇迹”的真相。

我也曾借用别人劝慰我的方式来开解自己：“撑不下去的时候想一想，你已经活在多少人向往的奇迹里。”可是之所以感到难以承受，不正是因为连对遥远的陌生人都禁不住顾虑与牵挂的心吗？生命彼此渗透。残忍又奇妙。“比上不足比下有余？”不存在的。他人的不幸并不能让我觉得自己格外幸运，他人的幸运也并没有让我觉得自己更加不幸。我对自己命运的记挂不多于也不少于我对世间万物的忧虑。这没有使我更高尚或更卑微，而只使我成为我。

那些没能毁灭我的，似乎并没有使我更强大。但我每每想起它们尚未摧毁我，依然欣慰而感激。我从不觉得快乐比痛苦更有意义。但如果可以选择，我会选择快乐而非痛苦，只因为应对快乐似乎比承担痛苦更简单些。

爸爸告诉我“绚烂比圆满更重要”，妈妈说“要在黑夜中记得光明的模样”。如果所有的“没有希望”统称“绝望”，我的生命恐怕要始终与绝望相伴了。

好在，我的绝望不曾锐利。黑夜中，我成为光。

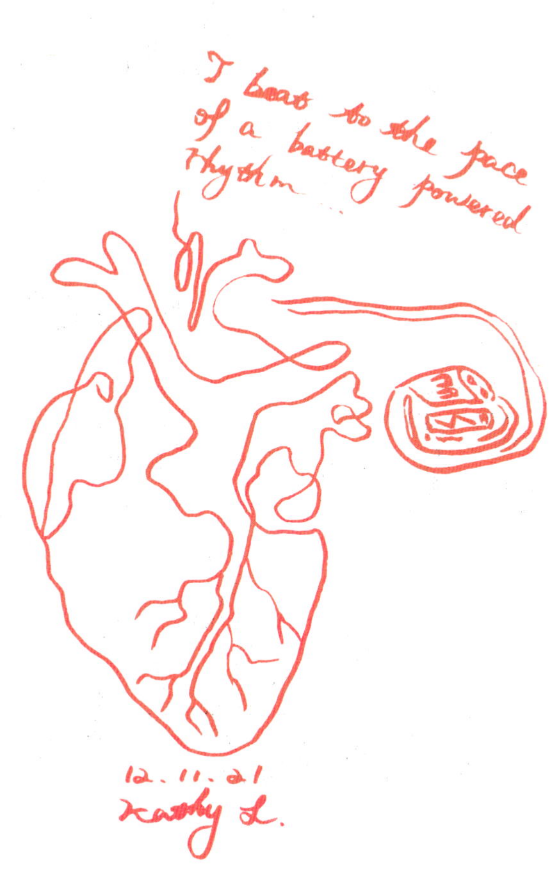

我的心脏起搏器。
我的心脏以电池驱动的节奏跃动。

我总喜欢透过岩壁的裂隙窥探不远处的海岸。涛声离得太远，那广袤的蓝色就变成了小小的、薄薄的一片。

“明净的海水是镶嵌在石壁的镜子。”——老师说我用错了比喻。

篝火

武士放下了手中的长剑
拿起画笔　瞄准月光
黑夜将月亮揉碎　散作星辰
繁星架起屋顶　笼罩寂静

画家斩断了笔下的线条
将色彩锁进抽屉
诗人嚼碎字句
忘了呼吸

读诗的人看不清诗人的模样
诗人也看不清
赶路的人看得到风
看不到景

我归还了所有
向狂欢的人群借来的　篝火
只藏下了你这一簇

我穿过这所有人群

穿过篝火　穿过狂欢

穿过你

穿过诗人捡起的武士长剑

踏过　不再被画家打开的抽屉

看赶路的人经过篝火

听说篝火是一片灰烬

可那灰烬是你　狂欢是你

我的躲藏　也是你

难得清闲的时候，捣鼓着修好了多年前淘汰的手机，翻看起画质模糊的相册。说来有些好笑，相册中的人、事、物比我记忆中的还要模糊，我却在拍下它们时以为记录即是永恒。

我似乎已经很久不曾关心车窗外的风景了。总是从一处去到另一处，其间充斥着或长或短的空白。车窗外没有风景的旅行，终究只是赶路而已。而那留白又似乎远比终点更像目的地。

前些天一边抱怨着穷困潦倒压力大，一边又把辛苦攒下的非处方医疗用品匿名赠予病童。学医的友人劝我："这世界上有很多苦难的人，你救不过来。"可我哪有那么无私呢？我在试图拯救的始终都是不甘心支离破碎的自己。"被帮助的他们"不需要知道我是谁，我只希望我不要忘记自己的样子。

我是读诗的人，是赶路的人。我是借了狂欢人群的篝火，又藏起一簇没有归还的人。

听说

我们在院子里支起帐篷
孤零零的一顶
起风了
我听说它变成一棵树

风在枝叶的空隙间迷路
我听说静止的风
会变成没有重量的泥土

当你远行　我偷偷睁开眼睛
看见阳光撕碎了记忆
看见天堂浸在湖底

我听说
你的脚步
它们也许曾经存在过

我听说　你是万物

Be the light
you wish to see
in the world.

成为你希望在这世上看到的光。

等它熄灭

等它熄灭

等那火苗　熄灭

嘘

别去看它

或长　或短的

夜

自身后落下

不声不响

耳畔　似五彩斑斓

　又惨白的日子

梦是沉甸甸

　沉甸甸的云朵

你说　背对城市吧

若转身仍是城市

身后的便成了旷野

我不曾见过旷野
只记得那沉甸甸
沉甸甸的云啊

荒野中跑丢了鞋子的孩童啊
也跑丢了一首诗呢

我不曾见过旷野，只记得沉甸甸的云。

午夜，从医院回到家，等待天亮，再回到医院去。我渐渐学会尝试着调整心态——不妨就把这当作加班——这样想来却似乎更“惨”了。于是我拉开窗帘，伴着凌晨三四点钟的车水马龙，开始在所剩无几的手机内存里写诗。

——等我长大了，也可以一直写诗吗？

——当然可以。你可以一直写诗。

——那如果没有人看怎么办呀？

——诗歌是不一定需要别人欣赏的东西。你可以只写给自己看。

——可是如果我想要别人欣赏怎么办呢？

——那……爸爸就一直做你的读者呀！

嗯。至少，我们还可以一直写诗呀。

12.11.21
Kathy L.

2

咽下了童年

“你长大后想做什么？”

“做个小孩。”

记得

我记得那些堆叠的巨石
始终没有高耸成山峰的模样
记得成群结队的棕榈树掠过车窗
记得不知在哪一天突然就红了的橘子
精巧又招摇

记得接过你递来的小小气球　企鹅形状
“拿着它就能走过永远崎岖的山路”
你说
——声音是钻进耳朵的绒毛

我记得目之所及的低矮天空
一粒沙尘落下
记得我脚下的影子
渐渐比你的更长

记得我不记得了的童谣　你依然会唱

记得你说

记得　回家

走过永远崎岖的山路。

执

你是我狼狈的执念啊
肆意钻进骨骼缝隙的雨
你的最最寂静的暴虐
悄悄攥紧　又从指间溜走假装柔情

你不曾电闪雷鸣
你是湿漉漉的青草的记忆

我微微眨眼便会脱落的睫毛
紧挨用尽所有固执的笑意
由你夹在书页里

你是吃斋念佛的恶灵
柔声细语
你是襁褓之中的婴孩
啼哭抗拒

你是触碰过就留下的印

是私语　是喘息

你是最低微的撩拨

最可憎的谜

“愁”，何曾是什么新词。

本想将一个故事讲给你们听。转念一想，一个哪怕把我自己撕裂都难以深探的话题，于听众也不过只是“故事”而已，又觉得倒不如省点笔墨——于是有了“诗”，有了“画”，有了“E诗E画”这个角落。“总是聊那些压抑的话题真的很烦”“等你年纪再大些就不再会‘为赋新词强说愁’了”……可是,“愁”，何曾是什么新词呢？而这“故事”似乎也无关于“愁”。

有的人在经历trauma（创伤）之后会不断地反复出现flashback（闪回），而有的人会对此绝口不提甚至不再回想——这就好像有些动物需要反刍，而有些动物则不然。反刍亦是消化的过程，那些不需要反刍的动物并不比需要反刍的动物更强大或更高级，它们只是有不同的消化过程罢了。

我们没有办法判定笑着的人是不是比哭着的人更快乐，“云淡风轻”的人是不是比“耿耿于怀”的人更洒脱——每个人应对事情、处理情绪的方式本就不同，轮不到别人去评判“谁家那小谁经历过比你更糟糕的事，怎么人家就好好的，你就这么矫情”。小时候读《祝福》，始终不觉得祥林嫂有什么可恨之处，或者说，比祥林嫂更加病态的是那些似笑非笑问她“你们的阿毛如果还在，不是也就有这么大了吗”的鲁镇人。

你是可以走出“鲁镇”的——去质疑，去思辨，去打破，去重建，你本来就无须畏惧一片风声强劲的废墟。

做自己的港湾

被踹烂的木门，再也锁不上的门锁。坏了，就再没有修好过。

日记本没有打开的痕迹。微不足道的小小心事里，却被细心地圈出了错别字。

捡到流浪的小猫，被许诺“只要坚持跳绳 100 次，就可以收养”，却只在第二天见到一串小梅花般的脚印。

莫须有的“谎言”带来“理所应当”的暴怒。解释便是狡辩，而恐惧不过使暴怒多了一个理由。

情绪是不被接纳的事物，泪水是不被包容的罪。

一次次地选择信赖，直到最信赖的站在了施暴者的一边。

拿起汤匙，将盘中的过敏原一口一口吃完。

咽下去，就咽下了童年。

在教学楼外的草坪捡拾碎裂的粉笔，在粗糙的白纸上绘出冰川。用力地吹一口气，纸上山峦便灰飞烟灭。

我不记得每种颜色都叫什么名字。颜色是可以没有名字的东西。

我收起了一支又一支用尽了的笔芯，收起再也写不完的文字。

我是没有名字的颜色。是消散入尘埃的山川。

我是没有名字的颜色。

是消散入尘埃的山川。

“你太敏感了。”

这是我接受过最多次的，也是最最残忍的评价。我在几近严苛的规矩与管教中长大，越是家教森严，便越是谨小慎微；越是谨小慎微，便越是容易受到责备与挑剔。仿佛不需要任何缘由，就连恭敬怯懦的样子都是“错误的”。

在亲朋好友家同辈的孩子中，我从不是被重点呵护的那一个。我安静，执拗，早慧，独立，敏感而不讨喜，没人知道“这孩子究竟在想什么”，也并没有什么人在乎。成人的世界已然疲惫而匆忙，谁不想要一个只需简简单单满足温饱便可安然睡去的孩童呢?

我曾生活在一座海滨城市里。城市不大，景色很美，却充斥着太多太多的人、太多太多的声音。我们所能获取到的信息常常是经过筛选的，尤其是在童年时。还记得小时候父母为了让我多读书，不希望我看电视。只有在每个周末，我被允许看20分钟电视节目。为了防止我想看电视，父母告诉我“电视只在周末演”，直到我于某个工作日的晚上去小伙伴家玩，发现他们在并非周末的时间段也可以看电视，回家后质问爸妈“为什么同学周三也可以看电视”。我妈竟选择了继续圆谎，告诉我“电视是轮流在不同人家播节目，周三他家，周六咱家”。直到小学四五年级，我才知道了电视原来是可以随时启动的。而在荧屏以外的现实世界，那个小小的生活空间也依旧闭塞而吵嚷。

由于身体状况引发的面部与下肢水肿，小时候的我经常受到来自长辈亲属的取笑。那时我还并没有听说过“外貌羞辱”一词，更不知道这是极不妥当的，只是觉得既然大家都说我“眼睛肿，腿肿，脑门儿大，矮小，头发黄，不好看”，那么我一定就是丑陋的。我不喜欢自己，甚至对自己充满厌弃。毕竟，一个丑陋的、敏感的、无论付出多少努力都无法取悦所有人的自己，有什么值得被爱的呢？当时的我全然没有意识到，**那些被眼界禁锢了审美的挑剔的成年人，才是真正的丑恶又悲哀。**

由于年代与医疗技术的局限，我所患有的基因罕见病在我的童年时期尚不具备确诊与治疗条件。我的妈妈曾坚信只要加强体育锻炼，就能改善我孱弱的身体状况。因此，在同龄人上绘画、英语、奥数、钢琴等兴趣班的时候，她给我报名了乒乓球、羽毛球、中国舞、跆拳道……还曾一度让我每天放学后先去运动场跑步，跑不完特定圈数不许回家。在多年间与运动能力这一“短板”的对抗中，我没有变得身强力壮，反而更加自卑也更加虚弱，每天都沉浸在他人的负面评价与自我否定、自我怀疑中，却从未鼓足勇气提出能否停止这毫无喘息余地的折磨。直到初中时，我的身体状况每况愈下，无法再耐受任何剧烈运动，跆拳道教练不敢再让我参与训练，就让我在一旁静坐休息，观摩其他同学训练。我不敢让父母知晓我的无能，所以从未提及我的“训练”实为观摩。他们也许至今都不知道我曾在跆拳道馆坐了几年“冷板凳”。

还记得小学时曾跟爸爸走在路上，忘了是要从哪儿往哪儿去。我们聊起等我长大以后想要做什么，我说：“做个小孩。”爸爸问：“如果没有办法做个小孩呢？”成长显然是由不得我们做好准备的事。我说，那么等我成为大人，就写一首诗吧；如果长大以后的世界太过糟糕，就写一个童话。

然而我的成长比起一部诗篇，更像是一场浩劫。时至今日，依然会有或虚或实的记忆闯入半梦半醒的脑海，猝不及防，驱之不散。

我记得六七岁时陪爸爸出差，突然下大雨，他把我“寄存”在一家并不熟识的商铺避雨，他先赶赴其他地方办事。一整天，不断地有人过来告诉我“你爸爸不要你了”，他们对我指指点点，说着“不知道谁家的孩子在这儿一整天了，估计是没人要了”。我始终没说话，坐在桌边，守着一张纸、一支笔，写写画画直到店铺打烊，终于盼到淋成“落汤鸡”的爸爸撑着已经被风吹得几乎散架的破伞出现在门口。他小心地收起我的画，揣进夹克内侧的口袋，又用外套把我紧紧裹起来，冲进雨里，回家。

我记得七岁半时开始学习做饭，十几岁时已经可以独立照料全家人的饮食了。下厨对我而言只是一项家务罢了，无关兴趣，更没有什么特殊的意义。在不再能经口进食的日子里，“一起吃饭”更是变成了令我难以融入的社交方式，为了避免亲友聚会与聊天都把我屏蔽在外，我只得时常下厨，邀请大家小聚。这么多年过去了，习惯性地取悦身边的人、试图让每个人都满意的习惯依旧是改变不了。

记得出于身体原因不能去上体育课，但嘴硬地坚称自己从不羡慕其他同学。趁大家去运动场，我在教室提前写完作业，再以五角钱一份的价格把答案卖给同学。记得被学姐欺负，脑袋被扣上厕所的垃圾桶……也记得在小学四年级时转学，难以适应新学校的环境，温暖又细腻的语文老师在我的作文本上写下“我们做朋友吧，希望你能开心一点”。

还有一些从童年一路散落至成人世界的记忆碎片，比如，小时候因为无法正常咀嚼和吞咽，不能正常进食，被责备了十几年；为了做个“好孩子”不惜忍受着剧烈的疼痛与反胃感一次又一次塞下身体无法耐受的食物。又如，高中时在晚自习结束后回到家就已经是深夜十一点了，每天在学校饿到视物模糊，直到后来身体太虚弱，才开始舍弃晚自习转而回家自学了。再如，在艺考之前为期三个半月的专业课集训中，靠喝牛奶和吃蛋黄派里的一点点奶油夹心生活了三个半月，很饿很饿的时候就画画，熬过最饿的时候就感觉不到饥饿了。记得病情始终不被身边的人理解，即便是在确诊后，父母仍难以接受；记得同龄人的排挤与家人的嫌弃，记得孤军奋战的每一天。

两三年前重回故里，迫于母亲对我“怎么这么孤僻，年纪轻轻的，一点社交生活都没有”的质疑，硬着头皮联系了高中时的同桌。同桌问我是否还记得在高考前帮她一起做攻略，给她标注考试重点，每天鼓励她，给她讲解题目，陪她一起复习。我竟全然没有任何印象了。原来她记忆中的我并不像我自己记得的那样狼狈而糟糕。

在我的少年时期，读书与应试是我生活中的光——这听起来恐怕有些匪夷所思。而对于处在来自四面八方的无边的否定声中的少年的我，“好好学习”是一件再轻松不过的事了。父母与师长永远难以取悦，运动相关的兴趣班任我竭尽全力都无法征服，情窦初开的悸动不敢表达也不知能否得到回应。相较而言，学习则显得轻而易举，因为只要付出，必有回报。试卷上的成绩不是简单的数字，而是我偶尔得以体验成为“别人家的孩子”的底气——原来敏感、孱弱、胆小、惶惑的我，也可以是优秀的。

从小学到研究生的求学阶段，我似乎被一股莫名的力量卷入了不知是良性循环还是恶性循环的旋涡。越努力，就越害怕失利；越是因为成绩受到认可，就越是害怕自己会因为“有一天或许会退步”而不再被爱着。我不是不想跳出这个怪圈，却无法挣脱出对自己的无限施压。

在我读研究生第一学期的开学当天，下着很大的雨。我想避开早高峰，就提前一个多小时抵达了学校。结果遇见一个女孩子，躲在厕所隔间，极力压低着声音啜泣。我在门口轻声安慰她。她告诉我，她有很严重的焦虑症，常伴随惊恐发作，想到等一下要见到很多陌生人，就非常害怕。我说没关系啊，现在你认识我了，教室里至少会有一张熟悉的面孔。等到下课，我们就一起去吃冰激凌，好不好？我等她走出隔间，给她买了饮料和小零食，陪她慢慢平静下来。然而待到上课的时候，却惊讶地发现她是我那门课的教授。毫不意外地，我感到了强烈的意外，至今都还记得那荒谬的震荡。但是我们谁也没有爽约，下课后还是一起去吃了冰激凌。之后的每个雨天，我们都会相约去吃冰激凌。通常是她吃杧果沙冰，我喝一小杯巧克力奶。后来的后来，我们一起经历了我休学那年的困境与她生活中突发的意外。雨天的冰激凌与每周一定要见面的约定让我们都走出了最难的境地——敏感的、胆怯的、悲伤的、慌张的我们，似乎在同频同质的伙伴之间迸发了小小的、大大的力量。

在研究生一年级的下半学期，我因健康状况堪忧，被学校勒令休学。因为从小就被灌输着“排除万难，带病坚持”的理念，我从未考虑过出于身体原因暂停学业。当时的我把强制休学的要求看作对我的刁难，顿觉未来的计划被全盘打乱，前路一片迷茫。出于异国求医的经济压力和对于无法如期完成学业的担忧，我本想拒绝治疗，奈何校方明确要求了——“没有入院治疗的记录与身体好转的明确证明，不得申请复学”，只得入院。

2015 年 12 月，针对我日渐加重的胃瘫与重度营养不良，医生提出在我体内放置一根空肠营养管，来保障营养物质的摄入。我当时的体重已远不足三十千克，不得不抛下所有的顾虑，紧紧抓住鼻饲管这根丑陋又令人疼痛的“救命稻草”。医生说：“我们目前需要在你的身体里放一个 NJ tube（空肠营养管）来过渡一下，让你的胃休息一段时间。这会比较难受，不过呢，但愿坚持一段时间就会好起来。”——嗯，“但愿”。**很遗憾，但愿的事情在我的生活中总是鲜少发生。这理应短暂的过渡就这样成为此后八年多，甚至还会更久的岁月中的生命线。**

依稀记得在虚弱不堪的日子里，听到一位护士说担心会戳痛我，另一位护士宽慰她：“没事，她没有感觉。”我有感觉，我全都听见了，只是没有力气动弹，好像身体已经不属于自己。也还记得一位波多黎各裔的护士带给我的温暖，每到她值班时，她都会来跟我说说话，无论我是否醒着。记得她握住我的手，用降速版的西班牙语告诉我她有一个女儿，和我差不多大。印象更深刻的却是被天价医药费压得透不过气的日子，被催债公司“连环轰炸”催缴医药费，以及被当时实习的机构以健康原因辞退。于是我一次又一次去医院交涉，申请更易负担的 Payment Plan（分期缴费方案），院方要求我提供工作 / 收入证明，在看到我做了大量的非营利的志愿者工作后，一位负责人对我说：“People take turns to take care of each other. Now it's your turn to be taken care of.（人们轮流照料彼此。现在轮到你被我们照顾了。）”——帮我免除了最高额的一笔治疗费用，解了我的燃眉之急。

还记得休学又复学，每天担心毕不了业，记得导师自始至终的支持，做我的后盾。也还记得重新学习走路，在刚开始全职工作时还需要借助拐杖，工作中所遇到的最大的困难是公司没有电梯。

在复学之后的日子里，我仍不得不常常就医，时不时会在急诊抢救室、ICU（重症监护病房）与CCU（心脏重症监护室）之间辗转。不知是由于药物的镇定作用，还是由于潜意识里的自我保护机制，我对于在ICU里的日子失去了明确的记忆，甚至丢失了二十多个日夜的时间线。在ICU的经历与我曾观看过的医疗剧中的场景在我的大脑中混乱地缠绕，无法梳理，只剩下莫名的惊惧潜藏在身体里，游走着，时刻准备着攻占我某段脆弱的神经或心绪。根据院方的规定，重症监护病房的患者不能使用任何私人电子设备。我便在转入Step-down ICU（重症过渡病房）的当天提出申请使用电脑完成课题，医院破例允许我每天在监护下使用半小时到一小时电子设备，同学与好友也趁探视时间为我送来了需要查阅的文献资料。就这样，我在大家的帮助下完成了硕士阶段的毕业论文。

如今的我依然会因为鼻饲管被路人指指点点，会在水肿得面目全非时没有勇气面对镜中的自己，会被不懂事的顽童叫作"怪物"。"童言无忌"这句话在直面暴击时起不到任何宽慰的作用。善良与接纳也许与年纪的长幼并没有必然的联系吧。这个世界有时就是这样，又残忍又没道理，有时你努力活下去的样子在他人眼中就是可笑又可怖的。“不要太在意他人的看法”说来容易，又有多少人真正做得到呢？那么至少，请不要为那些伤害你的声音助攻吧。在学会反击与对抗之前，就让我们先成为自己的后盾、自己的港湾。

刺青

我们把你留在一棵树下
留给雨后潮湿的泥土
那里没有你的名字
没有标记

从此每片森林都是你的呼吸
在每寸土地留下痕迹
我却不再祭奠你

等待时间喑哑的喉咙
穿过层层雾霭的缝隙
告诉我
曾经听说你的消息

那是最最遥远的枝丫上
一点点新绿
还有叶脉中浅浅的刺青

我坐在回乡的列车上，思绪沿着铁轨咔嚓嚓作响，似乎在前行，又似乎在断裂。倏忽间想起2015年的春天，我也是这样坐在列车上——相反的始发地，相反的终点站，同一只双肩背包抱在胸前，经过了同样绵延的层层山峦。

我望向窗外，也望着那年的我望向窗外。那时我写下了一首小诗，把它遗落在了铁轨上，直到它被今天的风扬起在此时此刻的我的脸上，似是沙砾，却又温柔。

这是写给一个人的诗。我曾以为是写给早年间过世的外祖母，如今却发觉竟是写给我自己的——时光就这样过去了。过去的时光是不是没有了？相反方向的列车上是否正疾驰着那个曾经的我？所有的“过去”又有几分刻进我如今的样子？

回家的路比离乡的路长得太多。急驰的列车把一个个过去的我抛下，又无数次裹挟着此刻的我与“她们”重逢。在这片陌生土壤上潺潺流淌的时光，莫不是我在林间雨后留下的浅浅痕迹。

我们把你留在一棵树下。

每一个我都爱你

不甘心落下的夕阳跳荡在海平面上。天边一片金红的霞，直闯进未经擦拭的落地窗。

坐在窗边的母亲絮絮叨叨："记得吗？你小时候啊，我也常常带你来海边。就是这片海滩，咱们来过很多次。就你和我，咱们一起。你最喜欢坐在那儿用沙子堆城堡。"她抬起手，指向不远不近的沙滩上不确定的方向。她的小孩已是大人模样，漫不经心地点点头，翻阅起桌上的空白便笺。

"记得吗？无论已经多晚，催你回家你都不肯，总嚷着要再多玩一会儿。有时天突然就黑了……"说到"突然"，她抬高声调，仿佛暮色降临是无法预见的意外一样，"记得吗？我们好多次匆匆忙忙回家，把泳镜、水瓶、你的小铲子……还有什么来着？都忘在了沙滩上。"

“我，还有我。妈妈，您还把我忘在过沙滩上呢。”她的小孩笑起来，眼睛弯弯的，像她一样。

“对喽，你不说我还真忘了，是有这么一回事儿！我忘了带你，蹬上自行车就走了！后来，后来啊……欸，我又回去找你了吧，还是你自己追上来的？”

“您没能再找到我，妈妈。我还在那片沙滩上呢。”

“哈哈哈哈哈哈哈，你这孩子……”

“说真的，我还在那片沙滩上呢。我在沙滩上堆沙堡，捉小螃蟹；躲在课桌底下偷偷画画，又和同学交头接耳；在最最安全的道路上遇到了最最可怕的危险，被困在原地，也幸运地得以脱险；在地球的另一边充实又疲惫地生活，也回到了离您不远处不甚陌生的城市；遇见了想要共度一生的人，也孑然一身自在惬意；经过了每一天每一年的岁月，也停留在了每一天每一年每一瞬间……”

“你都快把我绕晕了。好吧，趁我还没老糊涂——你是在说人生的无限可能性吗，还是平行时空？”

“我是在说，每一个我都还存在着，每一个我都爱你。”

她抬起头，望着空荡荡的房间。远处的沙滩如潮水般推近，她的小孩穿过海浪，走进太阳。

天边一片金红的霞，跳荡在海平面上。

夕阳跳荡在海平面上。

我总在海边，建造我的城堡。

还记得小时候的我总喜欢蹲在沙滩上，用沙子堆建“城堡”。有时刚打好地基就被妈妈喊回家，也有时能把城墙垒得很高很高。有时在落潮时建起了城堡的尖顶，第二天便被涨起的潮水带走，不知所终……潮起潮落，我总是蹲坐在同一处海边，总在建造我的城堡——它总是被海浪吞没，不过没关系，明天再搭起来就好了。如果搭到一半又经历一次涨潮，那也没关系。我只是沉迷于搭建的过程，而至于它究竟是否会落成城堡，似乎就显得没有那么重要了。

所以，我是在哪年哪月停止了搭建，又是在哪年哪月骤然长大了呢?

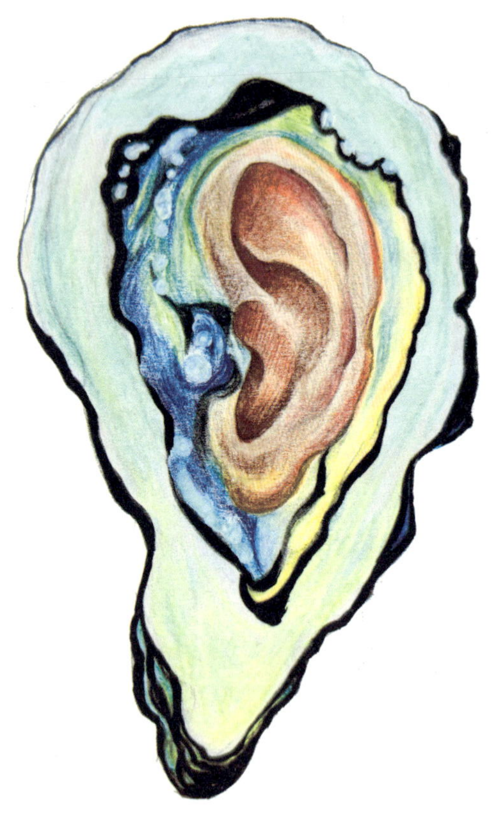

海边长大的孩子都玩过这样一个游戏：取一只海螺扣在耳畔，去聆听仿若涛声的共振。我却更喜欢在嶙峋的怪石之间寻找牡蛎。配合着貌似无关残忍的腥甜，撬开牡蛎的嘴巴——没有涛声，所有的感官都在这一刻放大，眼睛便寻到了耳朵。

记忆

我始终记得那天。

夏日的午后，错过的小提琴课，忙着捕捉风声而听不见一句责备的耳朵……因为害怕忘记，便在其后的岁月里一次次地强迫自己去回忆。渐渐地，平平的一天，就变成了忘不了的日子。

我和妈妈沿着海岸线漫步。正值退潮，脚下的沙滩湿漉漉的，却不泥泞，一步步踩下去，便聚起一汪海水在脚底。我在无意间踩碎了贝壳，俯身捡起。晶莹的碎片随着指尖的拨弄翻来滚去，声音细微又清脆，轻薄得仿若从不关乎生命。

“妈妈，那是什么？”我指着前方简陋的小小机器，看着一团云朵从一双粗糙的手中升起。“是棉花糖。你没见过？”妈妈略一迟疑，“要不……给你买一个尝尝吧？是甜甜的。”

通常不被允许吃零食的小小的我接过那团云朵，小心翼翼，又递还给妈妈。“尝一口吧，没事。再不吃就化了。”妈妈笑着催促我。

我们沿着海岸走向家的方向。海岸线很长，像夕阳的影子一样长，拉扯着棉花糖般的云朵隐没进碧空，又拉扯着云朵般的棉花糖融化。我牵住妈妈的手指，也牵住了自己还是孩子的日子。

我始终记得这天，在每一个看不见海岸、看不见故乡、看不见孩提时光的日子。云朵的味道是甜甜的，又在海风中挂上了一丝腥咸。融化了的云朵会将手指粘住，只有海水可以使它散去……

云朵落进海里，海平面就上升了。

为了送妈妈一幅肖像作为生日礼物，画出了人生中的第二幅油画。
妈妈显然很喜欢，就连给画作挑毛病时，都压不下上扬的嘴角。

冯女士

想你的时候　我不说话
连呼吸都悄悄
我背对星光
耳畔是流淌的夕阳

你说“你才出生
我就老了”
你说眼睛花了
才把夜色扯得更长

想你的时候　我不说话
烟火是静默的吵嚷
你是尘土间　最轻的聒噪
最痛的痒

是推开就再也寻不见的
粗糙手掌

冯女士是我妈妈的妈妈，我的姥姥。我不记得她的样子了，只是仍时常想起她。想起她翻出几张瓦楞纸，让我坐在她身旁做手工。想起她说自己眼睛花了，不能再给我念故事书。想起我用完了胶水，而她神秘兮兮地掏出一管牙膏，说“用这也一样，不骗你”。那牙膏是绿色的，薄荷味，品牌好像是叫作“蓝天六必治”。

我听不懂冯女士的方言，冯女士也不理解我怎能听不懂方言。记忆中冯女士对我说过的每句话都似怒吼。我很怕她，又总忍不住想要讨好她。她曾说我安静又“倔得很，不知天高地厚”。我问“为何要知天高地厚”？她的语气突然就软下来，碎碎念着“我是怕等你长大了，要吃亏的……”。

后来她不在了。大家都说冯女士“走了”。可是她没有“走”。“走”是从此地往彼处去，而我们的冯女士没有去往任何地方，她只是凭空不在了。时年五岁的我知道“妈妈失去了她的妈妈”，童年在那一刻毫无怨言地结束了，以后要换我来保护妈妈。冯女士的女儿继承了她的果敢、她的暴躁、她的没有安全感……而我的“不知天高地厚”在往后的日子里要让我吃亏了。

后来我开始画画，一笔又一笔，一幅又一幅。偶尔地，我也还会做一点小手工。我不知该怎么与“行内人士”谈论艺术。谈起艺术，我依然是那个坐在由线轴改造而成的小板凳上，用牙膏与瓦楞纸做手工的、不懂艺术的小女孩。手中的画笔换了一支又一支，身旁的蝉鸣却似乎来自同一年的夏日。或许我画得并不好，却又不知道自己画得不够好——好与不好不再重要，重要的是这夏日的蝉鸣与淡绿色的牙膏一样，都是薄荷味的。

我在读书时曾与同学一起去艺术博览会做志愿者。有一次走在熙熙攘攘的场馆里，被陌生人结结实实地踩了一脚，我抬起头，踩到我的人早已淹没于人流，而那疼痛感依然结结实实地存在着。我盯着我的鞋子看了许久，看不到痛。疼痛是看不见的。任何感受都是看不见的。

如果有人踩你一脚，或是给你一记耳光，又或者是一个拥抱，你会记得的吧？如果是一幅画，或是别的什么艺术作品呢？出现在面前的艺术，会让我们记得吗？会让我们感受得到等价于一记耳光的疼痛或者一个拥抱的温暖吗？而艺术，是不是可以成为让感受得以被看见、被传递的媒介呢？

我总觉得自己的力量太渺小，如同一张纸、一支笔一样，不过是一件作品得以完成的一个小小因素罢了。而那所有所谓的“专业知识”之于我而言，不过是冯女士随手递过来的牙膏、瓦楞纸、小板凳……

我常常不敢画水彩，因为我对一切透明又轻薄的质感有着莫名的敬畏与距离感。透明不是没有颜色，而是太多太多的颜色。透明是一个透镜，它透出的底色是折射过的，有厚度、有灰度的。透明一定不能单薄，而是光影之下的体量感。透明是冯女士喜欢的颜色，她曾与学龄前的我争论“所有的颜色叠加在一起是黑色还是透明”——没有答案，争论的尾声是她该去烧饭了。

我们的冯女士善良又热烈，在未逾六旬时“不在了”。

不知道为什么，命运总把坏的留下，把好的掠走——或许也不尽然，“不在了的”冯女士是透明的，是她坚信的所有色彩的叠加。

冯女士不在意我是否会成为艺术家。冯女士不知道我长大了。

透明是太多太多的颜色。

你看，我早已不记得你了。你看，我们的“秘密约定”我一个人完成了。你看，你看不到我写下的任何一个字了——无妨，它们是写给你女儿的。

如果可能的话，继续像小时候那样去搭建城堡吧。
即使它终会被潮水推平，也没关系。
我在岸上，我的城堡沉在海底，悄无声息。

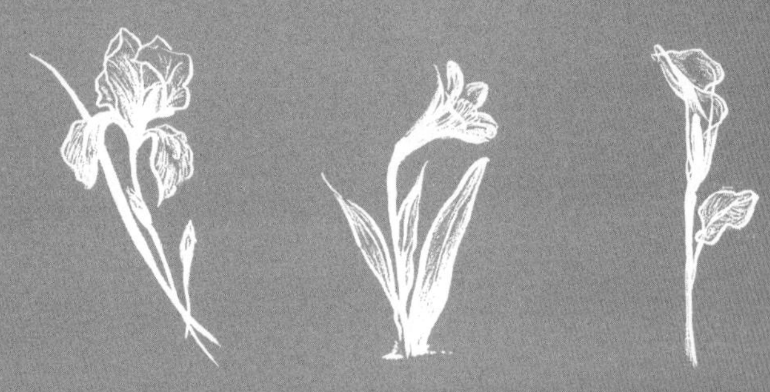

3

在爱之中，我得以遇见自己

人们还说终有一天我会妥协，

要学会以成年人的视角打量世界。

我笑说老去不是成长，

老去只是老去。

在爱之中，我得以遇见自己

未拆的快递箱堆满浴缸。黑屏的电脑上一个字都没有敲下。数月前打开的一袋薯片无人品尝，已然受潮。壁橱中还立着里面仅仅散放着几杯咖啡的冰箱。电动窗帘的遥控器不知何时没了电。我与夜色的僵持隔着一片玻璃，两层纱。

似乎只是在屋中闷了一些日子，出门便猝不及防地撞进了冬日——我常常主观地猜测冬季的阳光是不是没有温度的，是倔强的人类大脑为了温暖自己而创造出来的错觉，是对寒冷肃杀的不甘心。

手背与耳侧的冻疮似乎带着记忆，总是在同样的季节、同样的位置，沿同样的纹路开裂——同样细微又不安分的痛痒。于是每一个冬天，便似乎重叠成同一个了。

我像在记忆中最初的某个冬天那样悄悄躲藏进衣柜里，

撑起探照灯，将一本页脚泛黄的书支在膝上，去读那一则又一则小时候懂了，长大后却不再能读懂的故事。

文字、色彩或是线条总能为我带来从人类同伴身上无法获得的安全感。幼年时读《绿野仙踪》，总觉得自己就像是书中的那个铁皮人——被束缚在马口铁之下，锈蚀的关节需要润滑油，一天天一步步走在路上，寻找一颗跳动的心脏——“因为大脑不能使人快乐”。嗯，那就继续去寻找吧。

我曾是不被偏爱、不被呵护的孩子。那个小小的我永远心事重重，永远对周遭的世界保持着警惕，与“儿童应有的”天真烂漫没有太大的关系。我在一岁半时得到了第一只属于我的毛绒玩具。那是一只玩具小熊，我很爱它，将它命名为“普鲁夫”。我与同龄的孩童没有太多的共同语言，却与普鲁夫形影不离。忙碌又烦躁的大人们偶有兴致逗弄我，举着普鲁夫尖声问我：“普鲁夫在干什么呀？普鲁夫想不想吃小零食呢？”我便用尽全身的力气蹦跳起来，试图夺回我的小熊。普鲁夫是玩具，玩具不会说话，玩具不会想吃小零食，玩具不会保护自己，那么，就只有我能保护它了——大人们把普鲁夫举得高高的，不让我够着，我急得哭出来，他们就笑了。直到他们累了，烦了，把小熊塞回我手里。“行了行了，开个玩笑而已，这孩子怎么这么爱哭！”

我始终很难理解“小时候”为什么会被很多人定义为单纯美妙的时光。童年之于我，不过是被困在弱小的身躯里，以低微的视角经历成人的世界。比起长年累月的压抑与无助，我还是更喜欢此时此刻有力量与世界抗衡的自己。

我曾短暂地拥有过一架玩具版“天文望远镜”，根据包装盒上的说明，它虽不像专业的观星望远镜那样高清高倍，却足以用来观望比肉眼可见处更远方的繁星。

可惜的是，我只摸到了它精致的包装盒。

在得到它的当天，它便被我的父母转赠给了邻居家的小弟弟，理由是：“你也没那么喜欢吧？这本来就是男孩子玩的东西，你能不能懂事一点，别总是那么小气。”我没说话。不讨喜的孩子是没有资格反抗的。为自己发声便是反抗，反抗了便不再是个“好孩子”。我暗自下定决心，长大以后一定要买架望远镜送给自己，谁料却在两三年之后迎来了断崖式的视力下降。

我没有等到自己成长为能够弥补童年遗憾的大人。我从此再也看不见星星。

不知从何时起，我不再想要望远镜了。我不再试图“争抢”任何东西，也不再期待关注与认可了。我不再觉得自己值得被爱着，所以变得分外安静乖巧，不再给周遭的大人们“添麻烦”。就这样，我终于成为大人眼中“懂事的孩子”。时至今日，早已成为大人的我仍旧不明白“懂事”与“听话”如何成为评判一个初来乍到的生命个体是好是坏的因素。对成年的我们而言，更顺从的孩子只不过比个性更鲜明的孩子更节省心力罢了。

“好孩子”与“坏孩子”、“优等生”与“差等生”、“讨人喜欢的”与“令人心力交瘁的”，乃至“美丽的”与“丑陋的”……有时所谓“主流”的评判标准只不过是大多数人共同的偏见罢了，就好像普罗大众共识中的主观想法就是会比个人独立的主观想法看起来更客观。——虽然，当然，只不过是“看起来”。

陪伴我近三十载的小熊普鲁夫失去了它的塑料小鼻子，而我失去了过去的日子。小时候的我曾非常努力地想要成为一个“好孩子”，可是还没有来得及做到，就已经被时间催促着成为“大人”。而成为“大人”之后，我才惊喜地发现，当个“讨厌的大人”简直太过轻松惬意了，再也无需顾忌“好孩子”的标签与枷锁，只要不违背公序良俗，就不会有“不好的大人”这回事，当大人的“门槛”比起当个小孩要低太多。时间并不会带给我们一切问题的答案，但似乎只要熬过了一定的年限，那些曾经怒吼着、压迫着、俯视着你的人便也无力再计较你是否有成长。——因为你已走出童年的小巷，再也无需忌惮每一个曾经高大的“他们”如今日渐萎缩的触角。“他们”已然老去。老去只是老去，不是成长。

初尝闲散的快乐仿佛是在少年时期。似乎是在很久很久以前，像每个童话故事的开头一样久的时间，我视若亲人的忘年交苏三总是开着她那辆小小的、仿佛刚刚能够容纳我们体积的老旧小汽车，去学校接我回家。家附近有条蜿蜒的小路，永远崎岖，永远不经修缮。不知为何，似乎永远也只有我们一辆汽车驶过。每每行进至此，苏三便会大声唱起《夺宝奇兵》的旋律，同时左右急转，手舞足蹈，看沙砾飞旋，开心得像个六十多岁的孩子——是的，那年的她刚过六旬。我总是尖叫着提醒她注意交通安全，双手紧紧抓着安全带，却又忍不住和她一起笑到眼泪飞旋。

也是这辆车，这条路，有时也会带我们去往离家并不太近的一家二手家具店。她常常在那里为我添置一些“小礼物”，有时是一个小巧的玻璃瓶，有时是一张厚重的实木床，还有一次竟然是一把比下凡的天蓬元帅扛过的那把更加壮硕的钉耙。“这难道不可爱吗？”——她疯狂购物的开场白总是这句。我虽然看不透那瓶子、那床、那钉耙与“可爱”这个词有什么瓜葛，却还是在仔细回想了上一次注射破伤风疫苗的时间之后，胆战心惊地接过这一众沉甸甸的心意。

她会在我生病卧床时为我带来用齁咸的速溶汤料包冲调出的汤水，也会在每个星期一去一家似乎是老挝移民经营的美式中餐档口，打包一些奇奇怪怪酸酸甜甜的油炸食物，全然不顾我用颤颤悠悠的塑料叉子挑起浓郁厚重的芡汁时眼中的迟疑。

后来我弄丢了一些疑惑，就像弄丢了味蕾上的一小片记忆那样悄无声息。后来我们放下叉子开始跳舞，我们将新买的旧物漆成跳跃的芥末绿色，我们追赶着掉进泳池的冰激凌一起跳进水中……记得她深深地看着我，说出那句："The people who don't fit in are the people who stand out.（卓越的人无意合群。）"眼角的细纹如水波流动。——在庭前，在屋后，在日落的泳池旁，她一次又一次紧紧地拥抱我。现在想来，我似乎就是在爱我的人的眼睛里，第一次得以遇见我自己。原来我所有的跳跃的思维、所有的"不听话"、所有的"离经叛道"，在同频的人眼中都是可爱而又别具一格的。抛弃"做个好孩子"的理念而成为快乐的自己，似乎不再显得那么“十恶不赦”。

生病的日子无疑是孤独的，而比疾病本身更令人孤独与寒心的是随之而来的、时刻围绕在身边的异样的眼光与嘈杂的声响。“别提生病的事。你就不能当它不存在吗？”“要是大家都知道了……你让人家怎么看你？怎么看我？”——这些话从最亲近的人口中说出，字字句句都犹如利刃。我没有说话，像小时候遍寻不到那架望远镜时一样失去了质问与申辩的力量。病痛是我一个人的苦旅。

我没有说话。我背起行囊。

“去往更大的世界”始于一场叛逃。我曾疑惑，这个世界上有没有从小在赞美与鼓励中成长，始终被全心全意关爱着、呵护着的女孩；如果有，她们会不会是飞扬跋扈、唯我独尊的。后来我遇见了很多个“她们”——她们接纳自己，她们与世界相处融洽。她们坚韧又温和，独立又开阔，精彩又淡然。她们的世界不曾被击破，她们素来是完整的。

我逐渐发现，说那些女孩“眼睛小、皮肤黑、不漂亮”的人，与说那些女孩“妖媚、肤浅、不自重”的人，是同一群；说那些女孩“胖成那样还好意思穿热裤”的人，与说那些女孩“瘦得像根竹竿，以后肯定生不出孩子”的人，是同一群；说那些女孩“年纪轻轻就嫁人，不是为了钱就是奉子成婚”的人，与说那些女孩“三十多岁了还单身，读书都读傻了”的人，是同一群；说那些女孩“只知道洗衣做饭带孩子，这日子过得有什么盼头”的人，与说那些女孩“一点都不知道顾家，都当妈了还连顿饭都不会做”的人，是同一群；说那些女孩“这么要强，谁能受得了”的人，与说那些女孩“一点上进心都没有，这辈子也就这样了”的人，是同一群；说那些女孩“唯唯诺诺，一看就没见过什么大世面”的人，与说那些女孩“这么不安分，一点都不像个女孩子”的人，是同一群。

他们永远对那些女孩表示不满，却又永远无法停止谈论那些女孩。

你看，那些伤害你的人说你不够坚强，那些对你咆哮的人说你不够温和，那些张皇焦躁的人说你不够从容，那些刁蛮任性的人说你不够成熟。你看，这个世界并不总是友好的，不是每一个人的问题都会被妥善照料，不是每一个人都能意识到他们看到的“你”或许是他们自己的投影。**这个世界并不总是温和的，请你更要将自己细心呵护。**

我遇见过许许多多的女孩，看见、听说你们中的某个“你”曾经是谁的女儿，又成为谁的妻子、谁的母亲。**我期待着许许多多的女孩，在成为自己以前，不必成为谁的谁；期待着每一个不完美的“你”或“她”，都是完全的、完整的、完满的自我。**我喜欢你的眼睛不够大，或是鼻梁不够高；我喜欢你每天清晨蓬乱的头发；我喜欢你的敏感、你的偏执、你的脆弱；我喜欢你的热情，或是对世界的疏离；我喜欢你的目光，坚定或是闪躲；我喜欢你的生动、你的真实、你的恰到好处的不完美；我喜欢你的样子，特立独行或是淹没于人群；**我喜欢的你是你，不在乎我是否喜欢的你，这样的或那样的你。**

年龄、性别、种族、健康状况、受教育程度、原生家庭……所有的一切都无法阻止你成为具有无限生命力、无限张力的独一无二的自己。

初涉自媒体时，常遇到热心网友在我的视频下方写下留言，说希望把自己的生命长度分给我，因为觉得自己“很没用，活着没意思”。我总感到说不出的心疼，不知道屏幕背后的这些陌生的朋友经历了什么，才会觉得自己“无论如何都过不好这一生”，却宁愿把善良与慈悲赠予我。这种觉得自己“不配被呵护、不配被认可、不配被爱着”的感受分外熟悉，似乎依然时时在我的内心最深处嘶吼，等待着有朝一日重新操纵我的人生。我没有无坚不摧的强大，也并没有走过很多风浪——我一直都还在风浪之中。

我一直都在风浪之中。

生活始终伴随着很多很艰难、很棘手的事情，而正因如此，我们更应该好好爱自己、好好照顾自己，因为没有人比我们自己更适合做这件事了。生病很难，照顾生病的家人很难，维持亲密关系很难，应对原生家庭与抵御外界环境的侵蚀都很难，学习很难，养家糊口很难，生儿育女也很难……但请不要因为身边有需要你照顾的人就疏忽了对自己的照顾；不要因为有需要你付出很多心力的人就减少了对自己的付出；不要由于你爱的人在承受痛苦就因此觉得自己不应该快乐，认为自己的人生必须因此而暂停。去好好地生活吧，你所能拥有的一切，你踮起脚尖或是跳起来能够得到的一切，都是你值得的。好好地去生活，去爱自己，照料自己的健康，照料自己的情绪吧——因为没有人比你更有权利，也更适合做这件事。不带丝毫负罪感地享受属于你的人生吧。对自己的爱与呵护绝非自私的举动——只有接纳自己，才有余力去爱这个世界啊。

在我 24 岁那年，我问爸爸：“该怎么办呢？我都已经二十多岁了，还是一事无成。”爸爸笑了，他说：“做事情只是为了人生不无聊，并不一定要把事情做成吧？”

就是这段不足一分钟的对话，支撑着我走过很长一段觉得自己一事无成的日子。我开始学着放下对“意义”的执着，开始学着放松，开始学着告诉自己“你不是你的痛苦。你不是你的疾病。你不是你的社会责任或家庭责任。你只是你啊”。——力求把自己还原成纯粹得接近原始的样子。我不再把他人的期待与感受置于自己的需求之上，因为他人的痛苦并不能使我们的痛苦变得渺小，他人的幸福也不能使我们的幸福增加或减少。我亦不再要求自己为了变得更顽强而去习惯病痛，而是允许自己的不习惯与不顺从。面对疾病，面对闲言碎语，面对苛刻的要求或是恶毒的攻击，哪怕尚且无力反击，至少我已拥有了说“不”的勇气与继续好好生活的底气。

今天的我依然常常听到医生说“这么多年了，你对自己的情况应该比我们更了解，你自己心里都有数吧”，也依然常常听到父母说“你一直都是最懂事的孩子，从来都不用我们操心”。我依然继续着这场孤立无援的苦旅，应对着熟悉或陌生、亲近或遥远的蔑视的眼神，含沙射影的讥讽，毫无根据的质疑。而最为荒谬的是，总有些旁观者送来“是你太敏感了吧”“别想太多”的问候。于是冷静的施暴者获得了充足的借口不去改变，而我却承担了不得不“去理解、去接受、去原谅”的压力——“反正我就是这样。被伤害就只能怨你不够坚强了。斤斤计较就是你不够大度。”**面对歧视、偏见与伤害，我不是没想过怒吼，可是只为宣泄而不为交流的语言又有什么重量？而这个愤怒的、破碎的、依然时常胆怯的我，未尝不是我最最真实也值得珍视的样子。**

寒冬，夜越来越长了。合上书本，灯光熄灭了。这刺骨的严寒似乎并没有什么意义，而我也不再需要为每一段痛苦赋予意义才有力量撑得下去。

别怕，长大了的我们会拥有一个遮风挡雨的屋檐，也仍旧会相信冬日的暖阳。

相信暖阳。

我想念的

我想念预留耳机孔的手机。想念长长的耳机线，相互拉扯的两端。

我再也不听音乐。音乐会把想念放大。而我喜欢想念悄悄。

我想念我们驱车行驶过的长长的海岸线。

我不喜欢旅行，也并不觉得自己有多喜欢大海。但海不能不在车窗外。

我想念那年我们把泳池排空，又用沙砾填平，改成沙滩排球的场地。

“我们也算是做了一件不那么糟糕的事吧？毕竟这里没有人会游泳。”

“嗯？我不确定。毕竟这里也没有人会打沙滩排球。”

我想念“什么都不做”的小小的愧疚。

“倒也不是什么都没做。我们在长大。很快，我们就是大人了。”

“有多快？”

“我怎么知道？我也还没有长大过！”

我想念在耗尽了所有力气、所有情绪之前的日子。

那些日子破碎。破碎如沙砾。

我想念再也爬不上的屋顶。听闻漫天星辰老去。

听闻漫天星辰老去。

打破这片无瑕

去打破吧

打破这片无瑕

看巨龙卸下骑士的甲

夜色席卷光芒　动乱吞噬安康

划一支腐朽的桨

打个哈欠　就将童话生生吞下

良善的困顿凄凉

作恶的福寿绵长

我们化身野兽　啃噬风浪

惊吓稚拙的孩童

夺走长者的拐杖

打破喧嚣　如同打破寂静那样

去　打破吧

打破这坚固的网

让它破碎

破碎

如你我一样

我们化身野兽，啃噬风浪。

生

等你放下了手中的诗歌
我们便去海上漫步
看斜阳割断斜斜的山坡
刺破　最轻最浅的梦

抓一把沙砾　松松地
掷向天空
尘土击碎了海鸥
星斗自脚底踉过

我们放下手中的诗歌
裁剪一道水面
折作纸鸢
又斩断那绳线

我们放下了手中的诗歌
捡起斜阳　捡起星斗

又　捡起了绳线

捡起污泥堆砌的山顶

金灿灿的攀登

三十一岁生日，却显然并没有比昨天那个三十岁的自己更加成熟或苍老。也许是因为，对于数字不甚敏感的人会更加容易被时间遗忘？

早晨听到医生护士小伙伴们在门口“大声密谋”，顿感慌张。没想到人生第一次在现实生活中听到半开麦版的海底某生日歌，竟是在医院的病房里。耳畔萦绕着“跟所有的烦恼说拜拜”，就这样“拜拜”了整整一天。本来感动得快哭了，但又实在是……太好笑了。

这段住院的时间里，每天都在一边经由深静脉输氯化钾，一边经由肾脏与消化道排钾、丢钾。难以言说的不适感，彻夜难眠。想起幼年时遇见的“一个储水池一边蓄水一边放水，要过多久之后才能注满或排空”的那道数学题。我总以为我懂了，却还是一次又一次地解不出答案。

绝望之际也曾笃信，比疾病更可怕的是“说不定还会有希望”的错觉。可“希望”，难道不恰恰是自己就能为自己创造的东西？上帝为我关上一扇门，又封紧了所有的窗。我挥起拳头，就击碎了眼前的玻璃，混沌的沮丧。

我们只是不一样

“不能吃饭该怎么办呢？嚼一嚼然后吐掉，也不可以吗？”

“真遗憾，你感觉不到美食带来的乐趣了。”

“虽然你不能吃东西，但是你会做饭啊。能够把食物的美好带给别人，也一定是很幸福的吧！”

不知为什么，对于我“不能吃饭”的好奇问询总是伴随着我。这些好奇令我茫然又不适。肠内营养与肠外营养就相当于我的“进食方式”，而对于“正常食物”的欲望在求生欲面前不值一提。做饭对我而言只是一项家务，如同洗衣、扫地、整理房间……谈不上喜欢，也不至于不喜欢。而至于“不能享受美食，人生还有什么乐趣？”——若将吃东西看作人生唯一的乐趣，那恐怕才是值得同情的吧？

从小，我便因为无法正常进食而备受责备，久而久之，我习惯了用尽力气吞下盘中的食物，以取悦要求我“好好吃饭”的大人。**我全部的努力都只是为了少承受几句责备与贬损——努力听话，努力吃饭，哪怕呛咳、过敏、消化道出血、肠梗阻等一系列问题始终困扰着我。**

在十二岁那年的齿科检查中，牙医无意间发现我的双侧牙齿均没有咬合关系，这意味着我根本无法正常咀嚼。医生很疑惑地问询：“既然无法咀嚼，平时吃东西是不是全靠吞？”我无措地点头。“那你为什么不跟爸爸妈妈说呢？”——嗯？可我怎么知道正常的牙齿是可以相互触碰摩擦、咀嚼食物的呢？

在此之后，我经历了长达四年的牙齿正畸，那时的我以为，等咬合关系矫正好，就可以正常进食了。然而，就在矫正牙齿的过程中，其他相关联的骨骼开始频繁地出现小毛病，接连不断。而消化道症状更是完全没有因为咀嚼能力的微弱改善而得到丝毫缓解，反而随着年龄的增长变本加厉。

“试试这个，我亲手做的。”

"你坐在这儿不动筷子，是不是有点太不给我们面子了？"

"我有一个朋友，他每次遇到不喜欢吃的东西，就会说自己过敏。"

"也太矫情了吧？怎么就你这么多事？"

随着年龄的增长，进食成了一项躲不过的社交需求。为了合群，为了适应"成人的世界"，我依然在像小时候取悦长辈那样取悦身边的"社交圈"。

是否被喜欢有什么关系？但如果全然不被接纳，也的确难以容身。为了演出"正常"的状态，我曾无数次训练自己"正常地吃饭"，咀嚼到颞下颌关节脱位，吐血直至休克状态。直到有一天，我猛然回过神来：我们应当如何定义"正常"呢？"他们"所说的"不正常"究竟是什么？

鼻饲管、输液港、人工耳蜗、盲杖、轮椅、义肢……还是唇钉、文身、笑容、绚烂的衣着、粉色的头发？

如果不把"正常"狭隘地定义为"像大多数人一样"，而是顺应自己的节奏，生活也许就不再会有那么多的障碍了。

我们没有不正常，我们只是不一样。

当你听到马蹄声时，想到的是什么？

我会认认真真过好这一生

2024年的第一天，我“偷看”了2019年生日那天的日记，发现那日的我曾“偷看”了自己九岁时的日记。于是我又一次翻开了那个小小的、斑驳的、烫印着小兔子图案的笔记本，盯着那句“要决定放弃才需要找很多理由，坚持下去只需要一个理由就足够了”，怔了许久。

曾经的我总喜欢捏着积攒了很久的零用钱去逛文具店，有时会买些喜欢的纸笔，偶有奢侈的时候，也会顺便买张小小的贴纸。那带锁的日记本从未上锁，却在封面处一笔一画地重重写下了“任何人不得打开（长大以后的自己也不行）”。那逐渐叠加在抽屉中的贴纸不曾被贴在任何地方，也不再能够被贴在任何地方，它们的背胶早已失去了黏性，边缘如陈年的书页般层层泛黄。曾经的我对于“未来”有着渺小而具体的期待：拥有一份事业——不用太喜欢，只要不是太讨厌。在二十四岁结婚，在二十五岁生第一个孩子，然后第二个，第三个。我会每天写写画画，然后顺便，只是顺便，陪伴孩子们长大。——生活对我而言似乎从来只是“顺便”的事。“生活”在诗画之外，从不需要用力过猛地对待。生活是诗歌的种子，是画作的壳。

不敢回溯在有幸知晓这世上有“艺术”之前，我曾是多么疲惫不堪。还记得幼年时，家中的规矩很多，从事教育工作的父母对我有着严格的要求。比如，不可以看电视，只可以看书——为了防止我养成看电视的喜好，父母也几乎不再在我面前看电视。又如，为了防止弯腰驼背，我被要求在保持坐姿状态时只能坐在椅子的前三分之一处——现在的我的确没有驼背，却也因长年累月的“半悬空”久坐而有着非常严重的骶髂关节痛。再如，无论发生什么，都绝对不可以说谎。

关于“说谎”的故事，在二十多年后的今天仍旧令我心有余悸。

小学一年级时，数学老师要求大家自备教具，其中包括计数用的小塑料棒。我带了棉签作为替代，而好朋友的教具则取材于一捆荧光色的棒棒糖。那时在孩子们中间流行着一种五角钱一袋的糖果，每袋之中有三支棒棒糖，糖果缀在荧光黄的塑料棒上，有种独属于“垃圾食品”的美艳。好友看着我手中的棉签发出了不屑的“啧啧”声，然后大方地将她的塑料棒与我分享。“你是不是也想要这种彩色的？我每次吃完糖都把小棒攒起来，攒了好多呢。这些都给你。”我千恩万谢接过，连我以往没有十足兴趣的数学课都在那天变得有趣起来。

然而回到家，父母在我的文具盒里发现了来自同桌的赠礼，爸爸一眼认出那来自棒棒糖——“你买了零食？谁让你买的？什么时候？你哪儿来的钱？说！”——连珠炮般的逼问随着暴怒砸向我。我缩着身体，吓得瑟瑟发抖，连呼吸都狼狈。时隔多年，我已不记得自己当时是如何解释的，只记得每一句解释都被判作谎言，接下来便是例行的怒吼与惩戒。类似的误解与委屈数不胜数，而这不过是其中小小的一桩。

前些日子去父母家小住，我终于鼓足勇气提起了这件事，试图为当年小小的自己洗清沉冤。“我完全不记得这件事了。但我相信你说的是事实。我向你道歉。”爸爸说。

我接受了爸爸的道歉。我们都是大人了。

当“大人”质问你为什么犯错、为什么说谎——他们想要听到的往往是你的道歉，而不是辩解。在质问发生之前，他们就已经认定了你的确犯了错或者说了谎。此时此刻真相并不重要，重要的是“知错就改”的态度，哪怕所谓的“错”并不存在。重要的是你的谦卑和畏惧，让“大人”们知道他们赢了。——小时候的我深谙这个“道理”，直到成了大人的我意识到它的荒谬无理。严苛的警示与惩戒使我在遇到危险或冤屈时不再敢于求助，唯恐不被相信而遭受更重的责罚。没有人保护我，没有人为我伸张正义。我只能快些长大。

彼时的我，以为“长大”就意味着变成熟、变稳妥。不知从什么时候起，我开始执着于规划每一件事，在笔记本或手机备忘录上写下长长的清单，计划精确到细枝末节，然后逐一去达成。每每完成一天的计划清单，我便会获得无与伦比的满足感。不知是因为父母严格的要求还是我的天性使然，对于规则与秩序，我有着近乎强迫症般的严谨。从初入小学直至初中毕业，我始终遵循着自己为自己制定的规则，比如在假期收到了下一学期的教材就必须在开学前看完，每天睡前收拾好自己的书包、课桌与房间并坚决不允许父母干预，不完成学校的作业与当日的练琴任务就绝不吃任何东西……这些在他人眼中“认真勤勉”的行为令鲜少得到正反馈的我获得了些许认可，而这些认可也在某种程度上进一步助长了我的偏执。一年又一年过去，我对自己的要求愈加严苛，逐渐发展到了令自己，也令身边的人苦不堪言的地步。我开始反复出现惊恐发作、失眠、脱发，夜晚躲在被窝里不敢发出声音地偷偷哭泣。我怕我无论多么努力都终将辜负家人的期待，任何未能如期完成的“任务”都使我觉得一切都不会好起来。

父母开始旁敲侧击地提醒我要学会放松。妈妈曾半开玩笑半认真地建议我向“别人家的孩子”学习：“你看那个谁家的谁谁谁，虽然成绩差，可是饭量大啊。”爸爸干脆拿过我的作业本，替我完成全部与抄写相关的作业。而对于我为何如此艰难地逞强、为何拼尽全力才能维持“我和其他的同龄人没什么不同，甚至可以比很多人更优秀”的自尊，大家却默契地闭口不谈，仿佛我的身体的局限是这个家庭的禁忌话题。

少年时的我很听话。太听话了。我听话得诚恳又卑微，听话得毫不存疑。父母总是告诉我：“你只是比大多数人体弱些罢了，没什么事，别太放在心上。”妈妈更是会在盛怒时对我大吼：“一天到晚说疼疼疼，你哪天不疼再来告诉我！”从此我依旧日夜忍受病痛，只是不再向谁诉说了。我没有委屈也没有失望，只是当求助得不到回应，便本能地不再求助。只要能够不被责备、不被指摘，我不介意与家人一同粉饰太平。

对于我患病一事，家人是全然不知情，还是因不愿接受而拒绝面对呢？我更倾向于后者。面对我成长过程中所表现出的种种病症，他们也常常忧心忡忡。然而忧心归忧心，在当地医院检查数次仍未能确诊之后，与其前往权威医院进行更系统的检查，我的父母选择“另辟蹊径”。从乡野“神医”到偏方乃至玄学，他们信了无数，而代价是我的两次急性肾损伤。那些年的我们“有幸”见证了骗子的多样性，也明白了人越是无知就越会轻信他人且执迷不悟，而越是执迷不悟也便越会更加无知。

我不再相信一切都会好起来，甚至不再相信任何事会好起来。不抱希望，也许就不再会失望了吧？

十五岁那年，我升入高中。随着课业压力的增大，我的身体日渐不堪重负，而比学习的压力更糟糕的，是我那时的处境。由于天生金发，我被督察考勤纪律的老师树立为“影响集体荣誉感和纪律性”的反面典型，几乎每天都要忍受种种刁难。她直呼我为“丢人现眼的东西”，还在与其他老师的言谈嬉笑间说我“像个小杂种”。由于关节积水红肿，我在打扫卫生时力不从心。这位老师便大呼“都出来看看这个磨洋工的”，唾沫横飞地戳我的脊背。我始终记得那一刻的眩晕，好似崩塌的世界自四面八方向我压来。我呆立着，茫然无措，多希望自己可以立刻消失，更希望自己从未存在过。

“编造一个星系，如真实的那般广袤，然后我们住进去。”这是我在高中一年级时写下的对未来的希望。班主任老师请我的父母去学校谈话，表示“我说这话你们可别不爱听，刘开心这个孩子是有问题的”。

这一次，父母没有责备老师眼中“精神不正常”的我。他们也许同老师一样不理解彼时的我和我的世界，可他们选择了陪伴在我身旁，哪怕无力守护，也拒绝与秉承着“凡是我不理解的，就通通毁掉”的加害方为伍。遗憾的是，父母对我的支持被看作“家长与老师唱反调”，此后的一年，我遭遇了同学在老师示意之下的孤立、在单科成绩为年级最高分的情况下被禁止参加竞赛、针对相貌身材与健康状况的攻击，与其他无法言说的打压。

还记得我在一次生病缺勤后鼓足勇气在课后找到政治老师，拿着课本问老师是否可以帮我补课。政治老师欣然应允，身后却传来班主任的声音："不要再在刘开心这样的学生身上浪费时间了吧。"——我不知道写下这段经历意味着什么。可如果就此作罢，怕是对不起当初那个咬紧牙关坚持下来的十五岁的自己。如今的我误打误撞地成了人工智能行业中一个微不足道的小小从业者，也算是见证了"编造一个星系"的实现吧。世界是多维的，很可惜一部分人的认知却不是。

对艺术的热爱源于一场"自我催眠"。只因想要离开重点班却不敢直说，怕伤害父母的颜面，更怕辜负他们的期待，思虑再三，只得说自己想要换一条赛道，比如转去美术班。妈妈没有提出任何异议："学一个与美有关的专业有何不可呢？挺好，挺适合你的。"而爸爸却沉默了整整一个星期，他的不表态比拒绝更令我忐忑。

后来的故事直接得残忍，又顺利得惊喜。在尝试了几种抗抑郁类药物均告不耐受之后，我的精神与身体状态都达到了前所未有的崩溃边缘。爸爸终于松了口："去美术班试课吧，选择了就别后悔。有什么需要帮忙的，跟我们说……要是实在坚持不了、学不下去了，也跟我们说。"

就这样，我成了一名艺考生。启蒙太晚，就只能依靠夜以继日的练习来弥补。"这是你自己选择的路。唯一的路。它必须是出路，不能是末路。从现在开始，你必须热爱艺术，无论它是不是你的救赎。"当年的随笔字迹已然模糊，我却依然清晰地记得这一句。

备战艺考的日子有笑有泪。而所有的苦与累，都在收到中央美术学院的录取通知书的那一刻烟消云散了，哪怕努力回想，也记不分明。我只记得沾染在衣服上的油彩似乎总也洗不掉，记得无论削多少铅笔都不够用，记得考前集训的基地有几只可爱又亲人的小狗，记得画室中流传着"偷吃静物的人考不上美院"的传言，记得看着同学玩手机自己却没有的心痒，记得专业课老师在零下十几摄氏度的夜晚熬红双眼为我们烧了一夜的暖气，记得文化课老师们不厌其烦的谆谆教导与恨铁不成钢的耳提面命；记得班主任老师看到同学们的专业合格证时比我们都开心，一改往日的严肃，在教学楼走廊上抱起我转了一圈又一圈；记得高中毕业后的“散伙饭”，我一片接一片地给大家烤肉，老师一脸骄傲地看着我，笑说“我们开心儿不只是成绩好，烤肉怎么也这么厉害呢？”——我向来不喜欢别人在我的名字后面加儿化音，却在那天惊觉心底一片潮湿……

青春没有散去。正是那些年华，那些梦想，那些不知天高地厚的狂妄与敏感脆弱的自尊，伴随着、见证着年少的我们成为如今的自己。能守护豆蔻年华的我们的人出现了，正是如今长大成人的我们自己啊。

那年的画室很冷，身处室内也如同置身于冰天雪地一般。时至今日，寄生在我双手和耳侧的冻疮依然在每一个冬日蠢蠢欲动。幸运的是，今天的我拥有了一个可以遮风挡雨的屋檐。我并不觉得那年的寒冷有什么意义，只是很欣慰我与一个又一个、一届又一届的艺考生们都撑了过来，遇见了更好的自己。

不必歌颂苦难。苦难不是意义，我们的坚持才是意义。

某次与爸爸闲聊，我说想试着写写我作为一个平平无奇的普通人的经历。我迄今的人生跟“完满”绝无半点瓜葛，但细品之下，却也算得上绚烂了。爸爸说：“绚烂比圆满更重要。那些写给童稚、写给青春，写给暮年、写给死亡的，归根结底，是写给安慰。我们可以不完美，但不能放任自己的不完美而不去争取自己想要的、更好的生活。”

我没有像小时候畅想的那样，在二十四岁结婚，在二十五岁生第一个孩子，然后第二个，第三个。但我的确会在闲暇时分写写画画，然后顺便，只是顺便，陪伴无数次破碎过的自己长大。我在学着成为一个“松弛的大人”，学着适应变化，调整计划，学着“放过自己”，不再钻牛角尖。对于向来严苛的父母“放任”少年的我选择一条他们此前从未设想过的路，我始终充满感激——他们在明明不理解我想要做什么、成功的概率有多大的情况下，把所能给我的都给了我。试想，假若我的父母在当年做出了全然不同的选择，报纸的版面会不会多出一则“高中生不堪压力与校园霸凌……”的社会新闻呢？对于我能否成为艺术家，他们从不在意——“那是你自己的路。爸爸妈妈既然没有能力为你铺路，就努力不成为你的绊脚石吧”。而正是父母把自己认知到的全部世界摊开在我眼前，才让我看到了走向更广阔的世界的可能性。

我不再执着于备忘录与任务清单了。我看到这世界很大，道路很多，没有什么是一个人一生中“必须完成的任务”。我不再备份电脑里的每一个文件了。所有的一切我都可以失去，所有的一切我也都不会失去。

慢慢地，我似乎已经可以接纳自己的弱小，甚至拥抱自己偶尔的颓丧——不如就让那些比我更强大的人去改变世界，让那些比我更热爱这个世界的人去繁衍生息吧。我只愿认认真真过好这一生，无论健康或疾病，贫穷或富贵，特立独行或泯然众人，独善其身或兼济他人，仅此一生一世，足矣。

这世界很大，道路很多。

我们把书页合上，去看看太阳

每个村落都有一口照不清人面庞的水井
一条弯弯绕绕总也走不到头却也并不通往
远方的小路
还有一个叫着同样名字的姑娘

有时我会坐在树杈上
看着这似乎从未与我有关的村庄
还有那专为景区打造的潦倒又昂贵的瘦马
直到树影越扯越长　又隐没进夜色

没有灯火
灯火太过华丽
而华丽在此太过吵嚷

不是每个故事都有结尾
“最后的最后”
剧情在不知被谁摊开过的书页里戛然而止

而屋顶尚且悬着不曾被谁摘取过的　寂寥的星河

没有村庄　就连一草一木

都没有

我胆怯地伸手　探进照不清人面庞的井水

那乌有的澄澈挂在指尖

村庄　就下了雨

没有什么可以被完成。没有什么必须去完成。
“最后的最后”，我们把书页合上，去看看太阳。

用一个宏大的世界，稀释一些小小的烦恼。

4

幸运的人类
会被更纯净的生命收留

小狗可以统治地球，

可是小狗不想。

血钾危急值，血压降低，血氧降低，体温升高，乳酸升高……看起来很像感染性休克是不是？但其实并没有什么严重的问题，对我来说只不过是疲劳过度之后的正常反应而已。

于是在“抢救室一日游”之后，我给自己放了一整天的假，毫无负罪感地刷了半小时短视频。隔着屏幕看到有人把流浪的小猫咪带回家中收养，他对小猫说：“从此你再也不是没有爸爸的小野猫了。”我忍不住给博主留下一句评论：“很好。从此你也不再是没有小猫的‘野爸爸’了。”

是谁捡到了谁，又是谁收养了谁呢？

我常常觉得是我的小狗 Harper“收养”了我。经过二十五年的期盼，她在 2018 年的感恩节出现在我身边。她小小的，毛发乱乱的，安静又温柔。她身边的小狗同伴们都在雀跃地蹦跳，我俯下身，问小家伙们："谁是我的小Harper呀？"最安静的她对着我侧躺下来，闪着圆圆的大眼睛，伸出毛茸茸的小手轻轻拍拍我——就这样，Harper从一群平平无奇的人类中选中了我，我再也不是没有小狗的"野人"了。

Harper很像我，不怎么吃东西，很喜欢发呆，安静又瘦弱，敏感又执拗。我常戏称她为"my biological puppy（血脉相连的亲生小狗）"，而她更是全然不记得自己的身世与来路，安心地当起了我们家的"嫡长狗"。Harper知道我爱她，Harper什么都知道。

"什么都知道"的Harper唯独不知道自己是狗。她很怕狗，同时怕猫，怕马，怕鸡，怕鹅，怕乌龟，怕金鱼……然而对这世界心生畏惧的也不只是她，我们一同在命运的夹击中仓皇躲闪，我又何必苛责她。

在过去的六年里，Harper经历了牙龈炎、牙周病伴随颜面瘘、髌骨问题、疝气、卵巢肿瘤波及右肾、肥大细胞瘤、严重过敏反应、应激、低血糖、两次严重脑震荡、假孕、腿摔伤、心脏扩张、麻醉时心跳骤降……每一次的化险为夷，每一次的否极泰来，都让这只不吵不闹不爱叫的小家伙成为当之无愧的勇猛小狗。我喜欢把她揽在怀里，热烈又夸张地称赞她的生命力。亲亲她的小鼻子，就印下一个约定。

我开始学着照顾自己，像学着照顾 Harper 一样手忙脚乱却义无反顾。我不再觉得自己是理所应当被忽视的元素，因为我的小狗满眼满心都是我。我依然畏惧人群，就像 Harper 怕狗那样莫名其妙而又合乎情理。**但我不再试图去分辨我们在这世间的漂泊浮沉是自由还是流放，至少幸运的人类会被更纯净的生命收留——在它们的眼眸中，整个世界都温柔。**

我的小狗。

然后的然后，我变成雨

想伸手把窗子上的雨水擦掉
再擦掉整扇窗
窗内外就没有区别了

把夜晚的墨色擦掉
再擦掉月亮
夜晚与白天就没有区别了

然后　我行走在云上
天与地也就没有区别了
再然后　我把自己也擦掉
我与世界也便没有什么区别了

然后的然后
我变成雨
落在玻璃窗上
被谁的手擦掉了

写下这些文字的几个月前，我带着一只小小狗，搬进了有着大大落地窗的小小房间。床上、沙发上、地板上，我们相互偎依，看雨水裹挟着整座城市的重量奋不顾身地下坠，一起静待雨过天晴。

这个雨季却似乎永远都不会结束，每一场雨都好像是前一场雨的副本，是唯恐城市忘记了最初那场雨的刻意提醒，循环往复。我开始学着适应，在雨水的冲刷下深深浅浅地呼吸，如同在泳池中换气。

每一扇窗都成了模糊的滤镜。在雨水中浮沉的城市，是锈蚀的钢铁岛屿。

隔壁阿杜

隔壁的邻居收养了两只橘猫，我只有幸见过其中名为“阿杜”的一只——嗯，阿杜是在车底下被捡到的。

某天碰巧和邻居同时开了门，她家的猫咪阿杜与我家的小狗 Harper 猝不及防地打了照面。阿杜是猫，Harper 是狗。阿杜很大，Harper 很小。两只都很怂。两人两宠十二足，就这样呆呆站着，然后，打了招呼。

床头的声控灯似乎像我一样有着过度敏感的神经，常常在深夜被邻居的开门声点亮，傻傻地徒劳地发一会儿微光。以前的我会起身切断电源，而现在则是踏实地自言自语——“嗯，是阿杜妈回来了”，然后兀自看一会儿光，直到那光熄灭——**喂，隔壁阿杜，你说，我们是不是总是在**

同一时间看到光?

小小的灯亮了又灭，灭了又亮，我蜷在床脚，把那光亮认作白昼，灯灭即黑夜。怀里卧着小小的柔软的小狗。小狗 Harper 永远乖巧，永远毛茸茸，永远像我一样无心分辨亮与暗、时间或空间。我们只知道有彼此相伴即心安，只知道不甚熟识的隔壁邻居有两只猫，而其中的一只名叫阿杜。

嗯，阿杜也是毛茸茸的。

小猫也是毛茸茸的。

灰色白兔

在很久很久以前，在像每一个故事的开头那么久远的时间里，一心想收养一只小白兔的小小的我站在兔笼前，从一群洁白灵动的小小生灵中捧出灰蒙蒙的一团——我选中了一只“灰色的小白兔”。

我给它取名为“刘豆包”，把它安顿在相当于人类世界三室一厅的笼子中，隔着漆成艳俗玫红色的金属丝网，去寻它灰色绒毛中的两只晶亮的眼珠。它也定定看着我，透过漆成艳俗玫红色的金属丝网，好像我才是笼中的困兽。我在刘豆包安然又悲悯的眼神中露了怯，手忙脚乱地打开笼子，请它出来——刘豆包坦坦荡荡踏出笼子，从此便再也没有回去。

小小的我以为所有的兔子都叫“小白兔”，而灰色的刘豆包也并不在意我的误解，正如它不在意我的其他任何想法那样。它对胡萝卜与白菜叶不屑一顾，每天刨土，吃肉，四脚朝天晒太阳，在花盆中解决内急，钻进毛绒拖鞋小憩。

刘豆包对一切花花草草有着莫名其妙的探索欲，终于在一个雾蒙蒙的午后因吞食了某株长成艳俗玫红色的郁金香而中毒暴毙。我和爸爸学着它从前的样子刨土，在院落中挖出一个浅浅的坑，把它葬在不久前栽种的小竹林下，沉痛又郑重地作别——别了，刘豆包；别了，我们唯一的灰色白兔。

后来很多年过去了，过去了任几株细瘦的竹子长得郁郁葱葱那么久的时间，我依然时不时地想起刘豆包，想起它作为一个探索者的一生。偶尔也会暗自思忖，当初若是把它囚禁于笼中，远离自由的空气与明媚的毒物，它的生命或许会更久一些吧？我始终不知道它想要的是什么。也曾跟相熟的宠物医生轻描淡写地提及“我曾结识过一只灰色的小白兔，后来它吞食郁金香自尽了”。医生笑着纠正：“那叫‘误食’，不叫‘自尽’。”我也笑笑，心里却始终觉得它是自尽。

后来又过了很多年，我在一个雾蒙蒙的日子，在与初见刘豆包时的那家宠物店长得很像的一家店里买下了一个笼子——笼子由金属丝网编织而成，被漆成了艳俗的玫红色。我把笼子带回了家，安放在刘豆包沐浴过阳光的斑驳地面上，拨开小小的门，悄悄探进头去——我的灰色白兔再也没有踏进过任何一个笼子，哪怕自主选择的囚禁也是自由。

但我的猫知道

我家有根火腿肠。

还有一只猫。

我不知道家里有根火腿肠。

但我的猫知道。

猫会以它的方式提醒我“家里有根火腿肠”，比如把它的外包装撕碎，留下一排排挑衅的牙印，丢在餐厅正中央，然后绝尘而去，宛若一匹胖马。

猫不会觉得自己做错了，我因此而不会责怪它。对于在这世上迎面撞见的偶然，我们的反应常常很像——“哦，原来这里还有根火腿肠”。

我曾疯狂地痴迷于做计划，从短线到长远地规划着每天的生活、每年的目标，恨不得精确到每一个细枝末节，似乎完成了每一个计划内的事就意味着计划外的事不可能再发生，似乎这样就拥有了掌控命运的主动权。我的“人生规划”中没有疾病与困窘，也没有那只猫。

猫是发生在生命中的一件事，疾病也是，还有很多其他的事情也是。猫不在我任何一个时间段的计划清单中，疾病也不在，还有很多其他的事情也不在。于是我试着放下了一些计划，转而花更多的时间去陪我的猫。

我不知道猫是否在意这个世界，只知道它喜欢待在我身旁，用圆圆胖胖毛茸茸的脑袋绕着圈地蹭我的肩膀。我不再关心这一生是否有足够的时间完成全部的愿望——时间只对继续存在的人才是重要的，愿望也是。身旁有猫，何必还要在意“存在”之外的未来。

我家有根火腿肠，还有一只猫。我不知道家里有根火腿肠，但我的猫知道——你看，猫什么都知道。

这是我于 2015 年画下的一只猫。

现在，我也有猫了。

我的小猫最可爱的一张照片。

灯火

我们在路灯的映衬之下
生起一簇毫无必要的篝火
等待那跳荡的橙红
与碰巧经过的晚风互相撕扯

我们不再为任何事情感到诧异
久久地屏住呼吸
紧锁探求的眼睛
世界一片死寂

风隐遁进另一片海域
无声无息
火苗跌进肺里
销声匿迹

灯影低语
灰烬是炽热的颗粒

又是一个为了躲避“可能遇见的陌生人”而躲在家中的礼拜日。

窝在床上，将小狗揣进怀里，全然没有“非动笔不可”的焦虑。

直到被邻居家传来的焦煳味唤起。

先叹气。再报警。别别扭扭地拎起灭火器。

比起火苗，我似乎更惧怕烟尘——防不胜防无孔不入的轻飘又下坠的狡黠粒子，阴魂不散，令人窒息。

我常常惊异于这个世界的“安稳”与“太平”，总也想不通它是如何在不同的时间与空间里接连不断地零碎地崩塌着，却得以幸存下去，还保留着固执的完整感与灵活的自愈力。而此时此刻坐在这里码字的我似乎也无时无刻不在随它一同被重组着，每分每秒都是“创世记”。

于是提笔，写下《灯火》——写给永远不同、永远破碎，又永远完整的你我。

我的病隙碎笔

住院很焦虑。至于焦虑的原因，大概是医院的环境不太适合写段子。

怕自己写得太好笑，而别人却不好意思笑；更怕写出来的段子不再好笑了——当然，担心自己的段子不好笑这件事本身就有点好笑。

生命是一场风浪，我欲扬帆起航。

2022 年 4 月 22 日，初来乍到第一天。可爱的医生小妹妹问要不要帮我挪个方向。“你想面朝哪里？”她问我。我说我想面朝大海。

后来，医生小妹妹就出现在了我的画像里。

我想面朝大海。

2022年4月23日。继修好了心内科病房的水龙头之后，我又修好了风湿免疫科病房的马桶水箱。默默溜出房间，深藏功与名——千万不能让大家知道我的隐藏技能，否则万一被留下来当水管工可怎么办。

那我恐怕也会成为KPI最高的水管工，不慌。

2022年4月24日。想起几年前坚持复健时，母亲大人曾说过，和我一起出门常常觉得特别难过，因为路人都在看我——“他们一定会想，怎么你年纪轻轻就要拄拐杖”。我当时的反应是：咦？难道大家不是因为我长得好看才看我的吗？跟拐杖有什么关系？

You don't necessarily have to fully accept yourself to survive. As long as you still like yourself in some way, you'll be just fine.（你不一定非得完全接受自己才能活下去。只要你依然喜欢自己，你就会好好的。）

2022 年 4 月 25 日。我拿着装药的袋子去问护士小妹妹："这个是属于'医疗废物'还是'其他垃圾'？"被告知是"其他垃圾"。然后我又问："那我呢？我是'医疗废物'还是'其他垃圾'？"她们说我是"Patient"——嗯？Patient？耐心的垃圾？

2022 年 4 月 26 日。我猜窗外天气晴。早上查房时，医生夸我了——嗯。他夸我命大。

我："好无趣……"

护士："什么无趣？"

我："人生。"

护士："你才二十九岁，怎么会觉得人生无趣呢？"

我："您今年多大了？"

护士："我二十五啊。"

我："那么四年以后，您或许也会觉得人生无趣吧。"

恍惚间接到急诊医生的电话："啊啊啊你血钾危急值你知道吗？你怎么跑了?！"

我："我只是突然想回家。"

医生小姐姐："那那那现在怎么办?！"

我："这样吧，我们现在呢，就先不要害怕。"

医生小姐姐："啊啊啊刘开心！刘！开！心！"

我轻声安抚她，直到电话两端的我们都不再发出尖锐的爆鸣。挂断电话。

煎蛋超人。

所谓“坚强”

几年前的某天，我搭乘网约车回家。网约车司机在没有事先说明原因的情况下停在了路中间，把我丢在车上，锁住车门，自己下车了，近半小时后才回来。

我在这期间拨打了无数次客服电话，后续就是在 48 小时后得到了一张价值五元的无门槛优惠券。我收下了，因为，万一会有用呢？平台客服对我说“感谢您的理解”。我告诉她：“我不理解，我只是接受了。”

我全部的人生就像是那天的车程。

合理吗？诡异吗？感谢我的理解？

我不理解。我只是接受了。

我收下了那张五元的无门槛优惠券，以及生命中所有的小确幸，抑或是侥幸。因为，万一会有用呢？总好过一无所有。

常常有人告诉我，我应该觉得“幸运”，应该觉得“公平”，因为“上天虽带走了你的健康，但至少给了你艺术的天赋”。可如果，从来就没有“天赋”，没有“公平”，也没有“上天”呢?

在艺考的环境下，天赋与兴趣在夜以继日枯燥而重复的练习面前不值一提。技艺的提升一定是由量变到质变的积累，这个过程最消磨的就是天然的感知力与兴致。金榜题名的雀跃与历尽艰辛之后的一败涂地，恐怕都只是几乎无关“天赋”的可能性之一。而那或许存在，或许并不存在于我生命中的“天赋”，不过相当于网约车客服赔付的那张五元优惠券，在并不漫长却也还算壮阔的人生中不值一提。如果给我，我便收下；如果没有，也便罢了。

如果你信“上天”或“命运”，当了解它们从来都由不得我们撒泼打滚地索取，或是虔敬恭谨地祈求，而只是把一切或好或坏的人生碎片掷向我们，任由我们自行拼凑。而“公平”本身就是个伪命题。每个人都有独属于自己的人生，或悲或喜，或重或轻。抱怨世界不公的人往往不过因为自己不是既得利益者。没有“公平”也没有“不公”，很多时候，我们的抱怨与颓丧仅仅是因为不满于现状。

“你一定是小仙女，所以不食人间烟火。或者是来凡间历劫的天使。”没有谁是天使，没有谁是仙子。把人神化与把人妖魔化在本质上并没有太大的区别。承担苦难的、向阳而生的素来便是血肉之躯的你我。都是肉体凡胎，怎么可能不痛？可是降临在你我身上的这一生，谁又扛不下来呢？苦难也好，幸运也罢，无论降临在谁身上，我们都得承受，也都能承受得了。而至于“你应当感谢疾病对你的磨砺，否则你也不会像现在这么坚强”的高高在上的“劝慰”，其后的逻辑更是充满了对身处逆境之中的我们的绑架。使人更加强大的向来都是爱与呵护，而不是伤害与挫折。我们强加“伟大的意义”于苦难，只是为了让它看起来不再那么难以承受。

从前的我以为，只要尽最大努力、去做尽可能多的事情，生病这件小事在生活中的比重就会相应地缩小——既然无法缩小分子，就扩大分母。近年来却突然意识到，有没有可能，这其实从来就不是一个数学问题呢？

痛苦不迭的日子由每分每秒弥散而去，侵蚀着每日每夜。疼痛无法对抗，只能忍耐。我常常感觉自己已经不再属于这具躯壳，我和我的感官之间似乎隔了一堵墙——疼痛是假的，"我"是真的。又或者它是真的，"我"才是假的。我的"坚强"与"淡然"不过是溺水者的静默，忙着抓紧每一次呼吸的机会，而顾不上挣扎。又像是始终在跑轮中奔走的仓鼠，不会停止奔跑，却也不会抵达任何地方。

我只是我，不因疾病而变得渺小，也不因"仍然活着"而更强大。既然不甘心放任自己身处弱势，等待他人捍卫，倒不如把决定权握在自己手里。这世界很大，我看过了，还想再多看看，如是而已。没必要把这叫作"坚强"。

风还给风

金台夕照、灵境胡同、西单……我曾因为喜欢某几个地铁站名，而决定在北京这座城市定居。这陌生的城市，厚重的雾霭，就在不掺杂一丝情感的报站声中撞见了夕阳，猝不及防地匹配上了在我脑海中腾然升起的意象。

大学四年，再加上北漂六年，我始终不敢在“金台夕照”这一站下车，生怕出站口的夕阳逊色于我幻想出的景致，令我想要逃离这座城市。然而我的选择，我的挣扎，我的逃离——这座城市又怎会在意呢？“我配不上这座城市。”——可这城市若是全然不曾在乎，我便也无所谓配得上配不上了。

这种无来由的“不配得感”似乎由来已久。在我读中学时，曾用自己的画作换来一套画笔，当时的市值大概是一两千元人民币。那时的我觉得自己技艺尚不精进，不配用它作画，在之后的十几年间带着它搬了几次家，却从未使用过，一直“妥善”地收着。直到某天小心翼翼地打开盒盖，才发现笔杆已是朽木，笔芯也已随着多年来的颠沛流离断裂。“觉得自己不配”，因而永远无法真正享有。

时间继续倒退。那年我还是学龄前的幼童，那时的爸爸比如今的我还要年轻几岁。我们在小市场里穿梭，被一位摊位老板拉住。“喏，你女儿把我的东西撞碎了，赔吧！”老板举着一个方方正正的小工艺品——木质框架，玻璃罩，其中坐落着一个塑料小亭子，还有小小的假山和树。

我不敢与凶神恶煞的目光对视，便将目光聚焦到老板身后的摊位——同款的工艺品整整齐齐地码在货架居高处，是当时的我踮起脚尖都够不到的高度。“爸爸，我没有撞到他的东西，我根本够不着的。”我试图为自己辩解。爸爸脸色铁青，一言不发地赔了钱，暴怒地扯着我走出了市场。我们没有再提原本的买菜计划，径直回了家。那天的路格外长，爸爸的怒吼伴随了长长的一段路。他具体吼了些什么，我从未记得过。那一天，像此前此后的很多天一样，我只听到了愤怒。而辩解，只是将责难抻得更长的没用的东西。

时间倒退，再倒退，倒退到记忆的最初，又被整理成由大脑美化过的样貌。

起风了，我双手交叉抱在胸前，双脚摩擦着地面，坐在并未随风摇曳的秋千上。我努力地配合着耳畔的风声，却连双脚离地的冲动都没有。大脑与肢体的运行节奏不匹配，似乎让我的大脑很孤独。

“你这样是荡不起来的！你的手，应该扶在两边的绳索上！”远处的小伙伴热心地对我喊着。

“可是我的胳膊抱住了风。”

“你抱风干什么？风是抱不住的！”

“我已经抱住了风。你要吗？你要，我就给你。”

“我才不要呢，你给别人吧！”

“你不要，我也不给别人。我松手了，就把风还给风。”

小时候的我总是分不清“秋千”和“风筝”这两个词，现在有时仍然分不清。许是因为它们似乎都能飞得起来，又似乎都不能飞得起来。

长大了的爸爸告诉长大了的我：“你配得上人间一切至美。”我自认配不上，但没否认。否认只是将褒奖抻得更长的没用的东西。

我松开手，我已将风还给风。

我将风还给风。

公路旅行

我们沿着那条公路行驶了好久
不知名的路
平常得像极了任何一条同样平常的路
车轮向着远山的方向
直到那山就在眼前了

山峦是柔软的
沙砾是零碎的
荒漠之中我是咸的

镜子里的你的头发湿漉漉的
车载音响却似乎脱了水
喑哑着喉咙嘶鸣

我突然畏惧安静
安静会让我太靠近你
我轻轻抱住自己　在云层里呼吸

那山就在眼前了。

用鳃呼吸

我们潜入很深很深的水底
用鳃呼吸
闭上眼睛　不再好奇
四周是深蓝还是漆黑

这里很静
静得听得见心跳
静得听不见潮汐

阳光穿过厚重的水面
穿过你
你变得透明
很轻很轻

然后的我　惊醒
耳畔是空洞的撞击
指尖依稀记得沙砾

阳光穿过厚重的水面
穿过你。

我们今天什么都不做

我们今天什么都不做
什么都　不做
除了　伴着晨钟出发
敲打晚霞

每滴雨水都是湖泊
每片落叶都是舟
你捡拾起一个世界
掷向蛮荒

我们今天什么都不做
什么　都不做
除了　编造一片雪花
遮蔽盛夏

风才是树的倒影
海浪是跌落的流云
无拘于时空

你雀跃在溪间的虹

我们今天什么都不做
什么　都　不做
除了　头顶山河
腰缠星光

你是折叠的苍穹
熄灭的我
枕边的寰宇
镜中旋涡

分不清枯黄的杂草与无际的麦田，
辨不清山峦与晚霞在哪里分界，
远方的树木比脚下的草地低矮。

2023年的夏天，我很累，很累很累，以致进抢救室的频率一度从两周一次“升级”为了一周两次。迫于无奈，放任自己进入了“半休假模式”——闲下来的时间是奢侈的，奢侈到似乎不作画、不书写就愧对了这骤然降临的时光。

于是越发觉得，“自由艺术家”其实是个很勤劳的群体。坚持创作基本全靠内驱力——如果不是自己卷自己，压力真的不大，毕竟，哪怕把这份工作彻底搞砸，也不会有除你以外的人因此毙命。

吃不上饭的人渲染着浪漫，衣衫褴褛也坚信脚下的沙砾是坠落的星光；摇滚青年们嘴上不说，但内心深处都想上社保；怕烫不敢喝热水的你约我去捡拾太阳的光斑。

你看，这个世界没那么可怕。只要不怕烫，总能触摸太阳。

另外的，九个太阳

思绪　若是太吵嚷
夜色便不再是夜色
风挂烟火在幕上
不动声色　慌张

点一盏灯
悄悄　不敢惊动月亮
盛夏的枯草　在脚下
沙沙　如积雪坍塌

我在寻找的东西不存在啊
就连寻找本身
也不存在

我喜欢的你是透明的
是闯入漆黑的白昼
迷途在幽谷的水流

所有寻得到　寻不到的

都寻不到

就连寻找本身

也寻不到

沙尘扬起的云啊

是漫天的红色铁锈

是沉溺湖底的破碎太阳

铁锈·太阳。

小时候常常思忖，被后羿射下的那九个太阳都去了哪儿。总觉得无论是落为沃焦，或是化为汤泉，都容不下那曾高悬于九天之上的炽热与明晃。

在未曾听说过能量守恒定律的日子，一个不甚聪明的小孩，总是在夜晚惦记着破碎的太阳——如果我能好好长大，就写一首诗给你吧？如果长大以后的世界太过糟糕，就写一个童话。

那个长大以后的小孩，还惦记着那破碎的太阳。

哪怕是在最最艰难的岁月，也请保留一份自由与热爱吧。

5

相信自己会等到奇迹吗

如果生于泥土，就用自己的血肉开出绚烂的花。

有一天累了，就再把自己摘下来。

摘下来，化作春泥，又是新生。

用血肉开出绚烂的花。

一次离别

楼下的幼儿园正在举行“大班小朋友毕业典礼”。从节目编排、数次彩排，再到今天的正式典礼，长达数月，仿佛从学期伊始便在演练着话别。而此刻的分别与那不知是否会发生的重逢，从来就不是可以演习的事。

我坐在窗边画画，时不时探头看看楼下嬉闹着的孩童。从公寓高层遥遥地望出去，即将“毕业”的孩子们都还是那么小，一粒粒地活蹦乱跳着，像度假的女娲在微醺之间崩出的爆米花。

孩子们不知道有位陌生的阿姨在看着他们追逐打闹，看着他们一天天成长为“稍大一点的小不点”。孩子们也并不需要知道，他们只需要好好长大。他们也许还不知道什么是“毕业”，什么又是“典礼”。他们也许更加不必知道，所有这些可以预演的离别，都不是真正的离别。我所熟悉的离别总是骤然发生的。

不想谈论“离别”的时候，我会拿起笔，有时写写画画，有时学着小学同桌的样子转笔——二十多年过去了，我仍是没有学会。似乎所有的技巧到了我的面前，都变得格外难以掌握。

“我想跟你们说件事：我热爱艺术。就是这件事。”夜半时分，我对爸爸说。他说：“我热爱你。”

这个世界不能没有艺术，但可以没有我。而我的“热爱”与“被热爱”，让我从此有理由存在。

我接过妹妹弹断的琴弦，将它们做成了景泰蓝。我依靠釉料落进杯中的声音判断着它们的颜色，却常常听不见陌生的、熟悉的人们呼唤我的名字。

窗外，音乐终了，人群散去。桌上，几罐珐琅釉料生了虫。我淘洗出余下的部分，用它们画出山海。这样，我便分享了蜉蝣的一角天地。

黑夜

凭什么撕扯这黑夜呢
就凭你是光明?
黑夜是嗡嗡作响的蚊蝇
在远处　在原地

凭什么撕扯这黑夜呢
就凭你是声音?
黑夜是远远近近的空气
一呼　一吸

凭什么撕扯这黑夜呢
就凭你是梦境?
黑夜是每一盏灯暗淡的底
无边　无际

凭什么撕扯这黑夜呢
就凭　黑夜是你?
你是光明的恐惧　清醒的谜
是真空　是缝隙

光

光

吵嚷

烟火　还是枪炮

你在湖边重重放下

紧抱了一路的夕阳

路

方向

岩石　还是土壤

写你的人隐去　在盛夏

最后一首诗的篇章

我们唱起篝火　生起歌

举起酒杯　敬一颗星星

遍地月亮

在湖边重重放下 / 紧抱了一路的夕阳。

到了新年，我想不通为何十几天前的日子被安置在了“去年”，而此时此刻却已经是新的一年了。让我困惑的，始终是总被我质疑是否真实存在的“时间”。

还记得幼年时有一件很喜欢的针织衫，后来我不再能穿得进它，却依然执拗地把它留在衣柜里。一天天一年年，柜子里永远有它的位置。偶尔地，我还是会取出它来，抱在胸前，凑近，再凑近，细嗅它的味道。——那味道似乎并不来自木柜或是羊毛，而单单就是“它”的味道，和任何其他的事物都不一样。

长大的我再也套不进那件小小的针织衫，却还可以钻进记忆中那小小的躯壳，以低低的视角，去捕捉无用的有趣与世界边缘的温柔。

记忆不是历史。记忆是此刻以为的过去。我以为的过去的日子，是此时此刻水面的波光，是曾经紧紧揽在胸口的夕阳。

年

所有的节日里，我从小最怕的就是年。在那些或深或浅的记忆中，“年”这个字似乎总伴随着夜以继日的吵嚷、嫌恶、冷漠、惊惧，还有平日里无需承受的饥饿与寒冷。——坚持一下，还有几天，这个“年”就结束了。再坚持一下，还有几年，你就长大了。

一年又一年过去，我总在鼓励自己坚持下去。而那些摧毁我整个童年的力量，如今老去，却依然冷血又恶毒。只是，好在，我已经长成很棒的大人了。

也曾想过逃离。跑，跑得越远越好。离开了，就再也不要回来。而所谓“万卷书”与“万里路”，最令人悸动又沮丧的便是：让很多人看到，甚至触摸到了曾以为遥远的美好，但却感受不到得以拥有那份美好的希望，反倒愈加举步维艰。

“坚强乐观”大约是我听过的最令我哭笑不得的评价。很多时候大家看到的“坚强独立”无非只是孤立无援罢了。倘若身边有可以信赖、可以依靠的人，谁会选择孤立无援的人生呢？可是，也没有什么值得抱怨的。既然是自己选择了活下去，那么就不得不选择成为自己最可以依靠的那个人。而倘若能在将自己拼拼凑凑的过程中“无心插柳”地拼凑了周遭的世界，未尝不是专属于小人物的英雄主义。

关于命运，关于疾病，关于创伤，我不想提及，却都已经说得太多太多。无论话题还是命运，仿佛越是最想躲过的，就越是躲闪不及。如果可能，我多希望身处这分崩离析又彼此联结的世界中的大家是因为兴趣相投、三观契合走到一起，而不是由于同样的疾病或所谓的“命运”。

在这年的除夕与大年初一收到了荒谬的私信。我竟没有愤怒，只是愕然。原来我们蜗居的小小时空也孕育着如此阴森的野兽。

它经历了什么，才成为如今的样子？

无论经历了什么，也不应该是它成为如今样子的借口。

原来，野兽的破碎，是恨不能将这世界一并打碎。

“建立”总要承受比“打破”更重的负荷。维权的成本总是比作恶的成本高出太多。生活始终是锐利的，日复一日，年复一年。

最后，请允许我分享王小波先生在《写给新的一年》中的一段话：“但愿在新的一年里，我们能远离一切古怪的事，大家都能做个健全的人——我实在想不出有什么话比这句话更吉利。”

听，谁说自由

笔墨

涂抹，或是发疯

雨水洗劫了整座城的颜色

把窗子打破

指缝

油彩，或是铁锈

斑斓渗进皮肤的纹路

失却轮廓

听

谁说自由

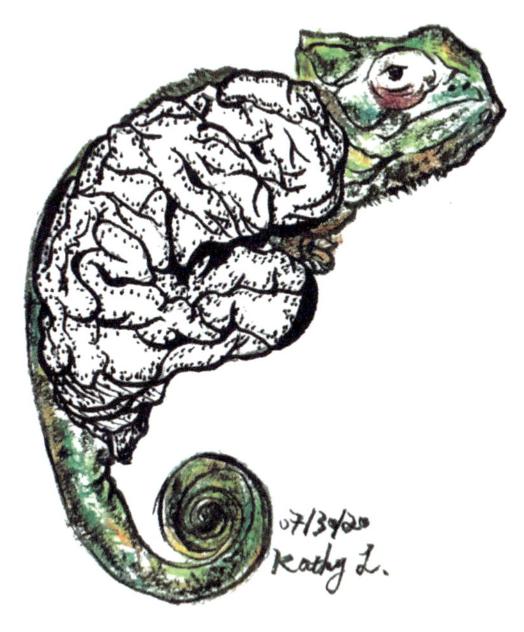

把一朵“脑花”填进变色龙的身体，来安抚变幻莫测的思绪。

破碎星体

没有蝉鸣的夏季
云层不见了雨
树叶的缝隙之间　探出草地

海面丢失了潮汐
随心所欲
贝壳吞噬苔藓　爬上岩壁

我们畏惧耳畔的空气
忧心天空沉入水底
念时光轻盈
世界是温和的骗局

提线木偶

第一根线　牵动
雕刻在嘴角的笑意
纵使磨碎颌骨也发不出的抗拒
淹没进夸张的配音

第二根线　拉扯
被紧紧攥住的脖颈
成年的观众安慰身旁的孩童
“别怕，木偶不需要氧气”

第三根线　纠缠
在你中空又沉重的身体
四肢不敌重力　下坠
又被谁的手提起

你不是漆着斑驳油彩的傀儡
你是受困的巨兽　受制的清醒

演出终了　不曾闭上的眼睛

映出　不肯离去的孩提

百无聊赖地躺在床上玩手机，双手却总被输液管和鼻饲管绕住。烦躁地抬手，一次次去解那些终究还是会缠绕在一起的结，忽然觉得有点好笑，似乎自己变作了一个牵线木偶，于是忍不住写下小诗如上。

宿主 The host

这是我最喜欢的一组作品。

The host 画的是人与世间万物的羁绊、融合、交织、拉扯……（我不接受以“饲养”或“培育”的方式与其他的生命产生瓜葛。尤其是生命力远比我强大的生灵，凭什么由我来“养”呢？）

我在溪边只看见树的影子，海边只看见山的影子，路灯下只看见我的影子。所以每当我看着影子，总辨不清哪层是树，哪片是山，哪个又是我。我是草木，我是岩石，我是柔软的触角，是我口口声声说着“讨厌”的绽放。

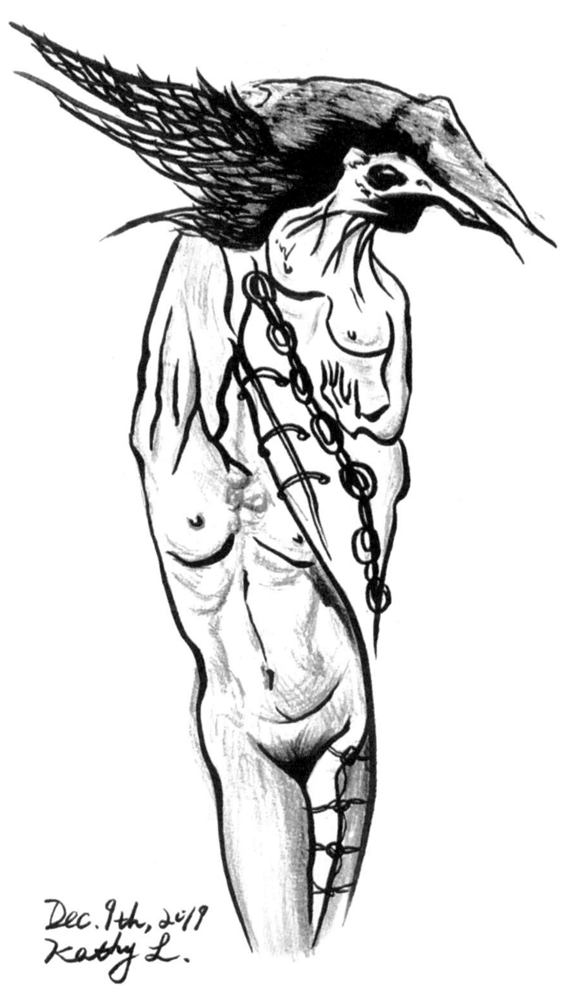
Dec. 9th, 2019
Kathy L.

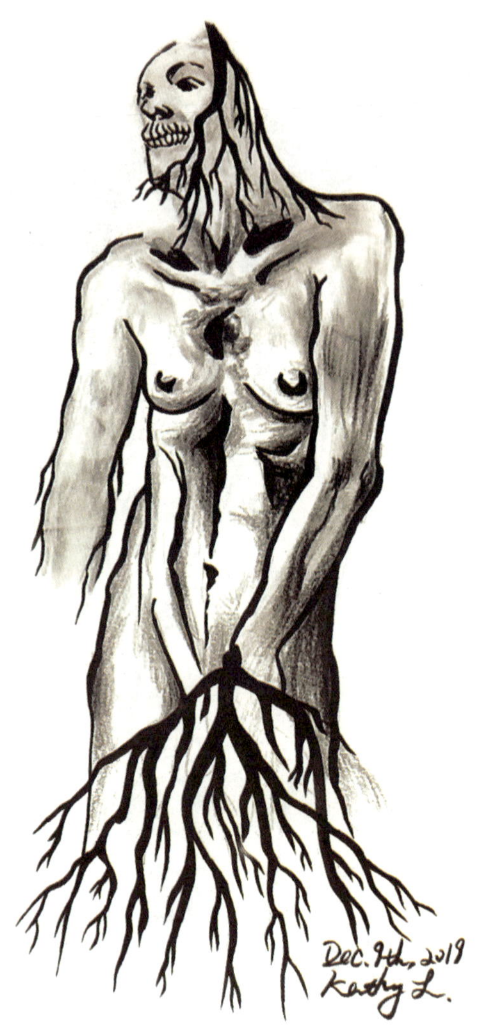
Dec. 9th, 2018
Kathy L.

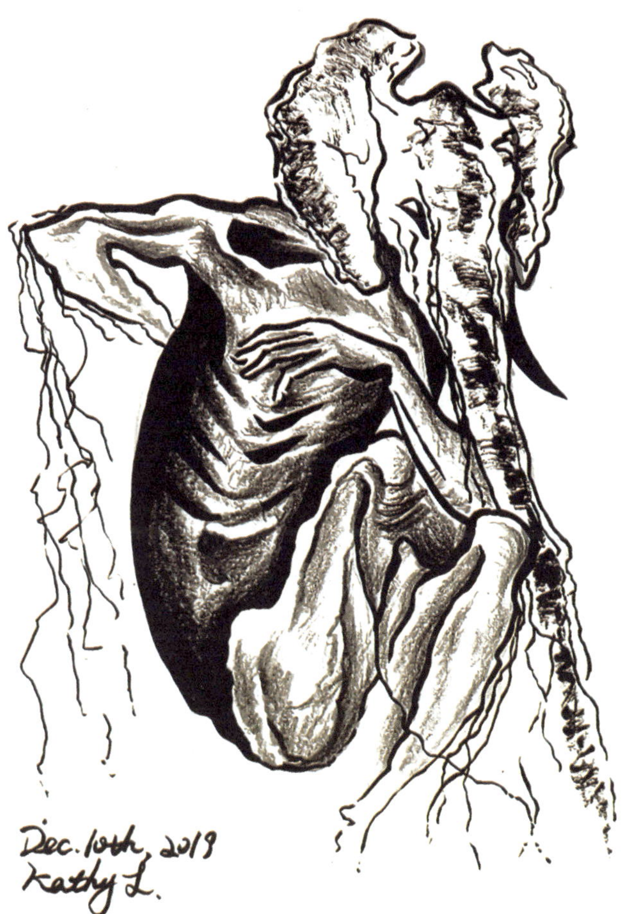
Dec. 10th, 2019
Kathy L.

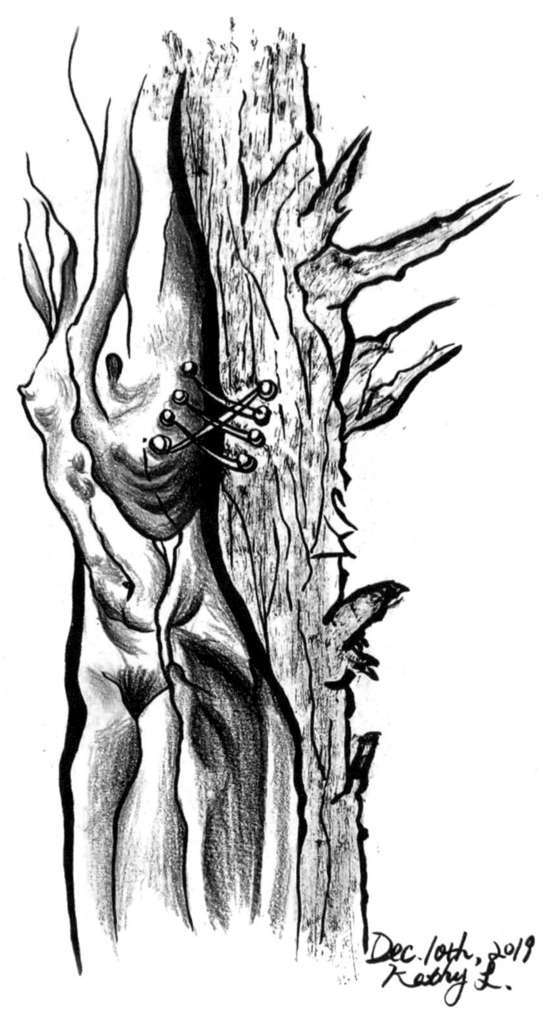
Dec. 10th, 2019
Kathy L.

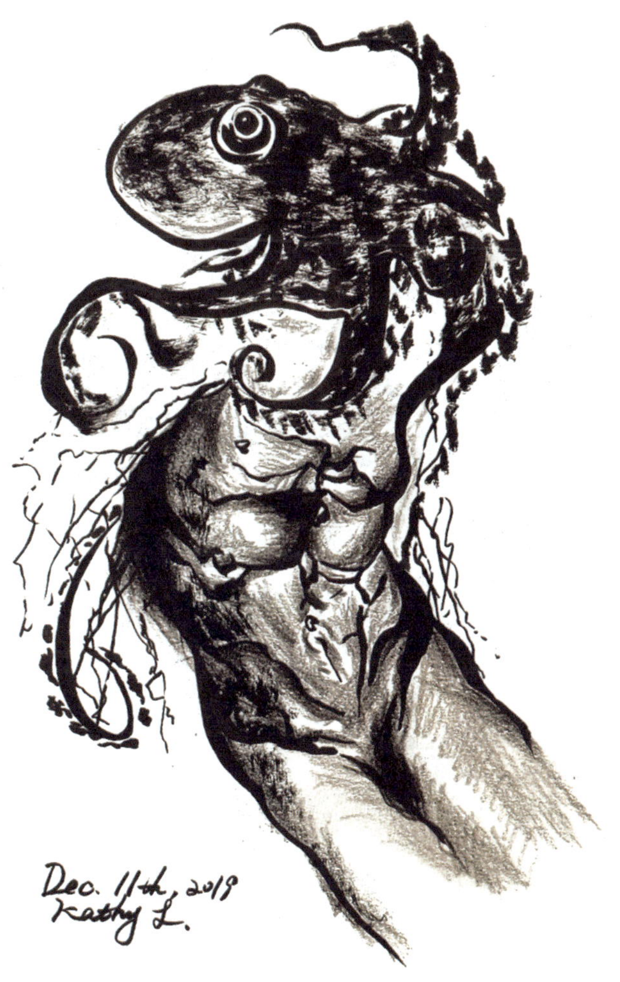
Dec. 11th, 2019
Kathy L.

Dec. 12th, 2019
Kathy L.

逃亡

逃亡

去光芒熄灭的海上

双桨打破巨浪

夜晚灌进船舱

横冲直撞

慌张

手心向上

向上

稳稳接住太阳

在陌生的城市遇见几棵“社恐”的树，零散地呆立着，落寞而不团结。
我放下笔，就忘了它们。它们也从未记得我。

或者，继续害怕

从不是那穷尽整个夜晚写下的字句
带你来到明晃晃的昼啊
从不是燃尽的蚊香
合上又一帧夏日的幕

从不是你的畏惧
让你畏惧的成了真实
从不是想念
让想念的成为“很久以前”

你别怕啊
或者　继续害怕
或者干脆成为恐惧
去踩踏那些小小的慌张

你别去想
或者　继续胡思乱想
或者　干脆成为思绪

去缠绕那些大大的沮丧

坚固的城市啊

雨水割裂的时光

是　破碎的诗啊

玻璃窗上的雨，割裂的时光。

不知不觉，距离上一次踏出家门已是十日有余。我缩在小小的、空空荡荡的房间里，直到那空荡模糊了四周的墙壁，似要透出足以冷却周遭空气的钢筋水泥。

深夜，暴雨。我常常以为暴雨洗刷过的夏季是无限趋近于秋日的，直到那夏天被一层层拨开，仿若抽丝剥茧——一层又一层，每一层却又分明仍是夏天。

深居简出，依旧期待着变幻的四季，也依旧畏惧着窗外的人群——那么，就继续期待吧，也继续畏惧吧。门窗内外的世界啊，总能容得下我们小小的慌张。

有关的，无关的日子

断断续续地浅睡了两小时，睁开眼睛，台灯的光晕回应着自窗帘缝隙间透出的一缕晨光，像从未熄灭过那样——又是一个崭新的日子。2 月 29 日，天气晴。

手机屏幕亮起，收到了友人传来的简讯。“节日快乐！”她说。**我对着屏幕傻笑，把“国际罕见病日”当作节日的，恐怕也只有我们。我们是数目庞大的少数派。**

我曾经在不会因异想天开而被指责的年纪暗自怀疑每一天都只是同一天的副本，只是被替换上了不同的天气、不同的氛围，又被编写出了不同的剧情、不同的情绪。在被确诊为基因罕见病 EDS 之前的二十余年是一场孤独的苦旅。我常常觉得自己是某个宏大的系统在日复一日层层叠叠的副本中无意间生成的系统漏洞，是从日夜运行从不停歇的齿轮与轨道间甩下的、跟不上整体节奏的零部件。生病是原罪，而日后所有的乖顺谦和或坚忍不屈都不过只是原罪之下无力的救赎。所有的努力都是垂死挣扎，所有的成绩都是戴罪立功。疾病是一场暗无天日的死寂。

前些日子被医院告知，我在去年 11 月预约的 MDT（多科室会诊）推迟到了今年 3 月中旬。也好。这让我拥有了更加充裕的时间去考虑一些无聊的问题：比如，如果一点办法都没有，我该怎么装作若无其事；又如，如果某种特效药突然面市，我要买哪张刮刮乐才有可能用得起药；甚至再如，如果医生一筹莫展且心理素质堪忧，我是应该大声喊加油还是给他们买杯美式咖啡以表“没事”……

前些日子与朋友闲聊，玩笑间我说起“健康”和“钱”其实有两个共同点：一是多多益善；二是实在要是没有，也便没有了，问题不大。我摸起桌上的圆珠笔，掏出一张纸巾信手涂鸦。她说至少疾病成了我创作的源泉——或许是吧，但我更倾向于认为：病痛并不是我艺术创作的先决条件或者素材，而是沉没成本。无论有它没它，我还是我，还是得写写画画。又或者，倘若没有了罕见病这一“素材”，我们可以去草地上晒着太阳踢足球——你看，我们竭尽全力拼凑出来的完整，又被一个假设性问题打破了。

“这个世界为何与我想象中的相差甚远？”——也许是因为我们的想象有所偏差，而世界原本就是这样。同样原本就是这样的还有健康与疾病，快乐与苦闷，贫穷与富贵，善与恶，你与我。

这一天会过去的，这一天还会再来的。这是关于我们的日子，这日子也与我们无关了。昨夜的梦是沁入夜色的光晕——阳光下，我碎成了无数片，每一片的我都璀璨。

点一盏灯吧

点一盏灯吧
点一盏　毫无必要的灯
致来不及降临的深夜
敬那无关团圆的月亮

寻一处积雪
高山顶　枯叶下
或是藏匿在谁的鬓角
告诉它　秋色是枯萎的盛夏

守一座空城
持锈蚀的链条　编织残垣
保护一方虚无
凭借早已没有了血肉的骨架

等一场梦吧
等一场　平静又清醒

等梦来　等梦去

等一片混沌

然后　点一盏灯

点一盏　毫无必要的灯

打破

那无法照亮的晦暗吧

寻一处积雪，等一场梦。

接连十五个夜晚的噩梦，竟在掉转床头后戛然而止，不知是心理暗示，还是磁场或某种玄学的缘故。我竟怅然若失，惋惜起那些从未发生，也或许终将错过的梦境。

梦中的我手持锈蚀的兵器，守卫着无人攻战的残垣断壁。在梦的第一天，城墙上呆立着一只灰蒙蒙的鸽子，如同灰蒙蒙的天色那般灰蒙蒙。梦的第二天，那只鸽子如时钟的指针般挪了位置。梦的第三天，鸽子化作木雕，只有眼睛依然灵动。梦的第四天，我变成了那只鸽子，正欲振翅，却发现自己的身躯不过是粗糙雕刻的木头。梦的第五天……

我在没有了梦的日子点起了灯，一盏毫无必要的灯。如果无法照亮这混沌，不如就把混沌打破。焦虑的是梦境，平静的是清醒。可是何谓梦，何谓醒呢？梦里我不曾战斗。我是梦的幸存者。

祸兮，福兮

走在路上，连接着空肠营养管的泵管被路人的电动车后视镜意外钩住——好幸运，管子、路人和我，均毫发无伤。

需要复诊，准时点开医院的App——好幸运，两三个月以来第一次挂到了号。被评估为“肠衰竭”，好幸运——嗯？这有什么幸运的呢？

幸运的是，伴随我三十余年的全消化道动力障碍，曾经“救了我的命”。在我还未升入小学时，曾在一次高烧时误服了超过六倍剂量的退烧药——按当时的年龄与体重，应当服用五分之四袋冲剂，而我那时年青涩的老父亲错把“4/5”看成了“4—5”，给我喝下了5袋药。之后又由于当天下午运动会无法请假，父亲带着被药物“放倒”的幼年的我去运动场暴晒了大半天。当时的经历与感受我早已不记得了，只听说由于我的胃肠道吸收功能很差，幸运地没有引起严重的肝损伤，最终在昏睡一天一夜与被灌下大桶绿豆水之后“满血复活”。

“我至今想来也还是后怕。”爸爸说。

可我顾不上宽慰爸爸。“4/5 袋？多奇怪的剂量啊。太奇怪了。”我禁不住想起了 9¾ 站台。“4/5 袋”，这听起来简直比爸爸实施的 5 袋更加离谱。

小学时被爸爸建议背诵《道德经》：“你看，薄薄的，你要是闲着无聊就背下来呗。”

“可如果我背了也还是不懂呢？”

“那就先寄存在脑子里，说不定有朝一日能够用得上。”

多年后的暴雨过后的凌晨两点，“信仰”着“苦难没有意义”的我趴在床上发呆，跟自己对话。

“福兮祸之所倚，祸兮福之所伏。”

“嗯？”

“嗯。‘有朝一日’。”

The oceans are rising. And so are we.

海平面在上升，我们也是。

经过

把风的声音
下载进耳朵
缓缓的一步也就变成飞奔

你听
头发是不是被吹乱了

像一条线
落下去
无意间触碰了世界的边缘
只经过　不牵动

从此风有了影子
虚无也有了形状
隐遁在深深浅浅的呼吸里

你看
太阳也被吹散了

闭目鸿蒙，张目汪洋

行走
斜挎夕阳
脚踏洪荒

无伤
穿壁引光

万物静观
无暇神伤
前路犹长

闭目鸿蒙
张目汪洋

行走在水上，夕阳在身旁。

记得我曾在年幼时与父母闲谈，问他们：“这个世界还会好吗？”父亲笑说这个世界时好时坏。

后来，我见到了小小的世界变成大大的世界；再后来，我又从大大的世界缩回了小小的世界。我不理解自己为何无力愤怒，不明白何以在安静的疼痛中习以为常。我不记得如何将自己嵌进人类社会的框架，一次次折叠起柔软的触角……暴雨倾盆的日子有诗有画，唯独没有了酒，我们无处躲藏，清醒又悲伤。

我常梦见自己行于水上，揽夕阳在身旁。日月同辉，山河为伴，耳畔的风随星光落下，溅起水花。醒来仍是梦境，苍穹沉于湖底，举头尽是蛮荒。

可是啊，你看这世界宏大。可是啊，终究是梦一场。

云销雨霁，似梦初醒，每一粒尘埃都晶莹。白云苍狗，长路依旧，无暇神伤。

"奇迹"

深夜。每次吸气都感觉胸骨像在被电锯拉扯。

静静地，静静地蜷缩，把手指、肘关节和肩膀掰脱臼，再接上，再掰脱臼，再接上……一次又一次重复，以此来分散每一次呼吸时的锐痛——用可控的、可估量的疼痛感，去平衡失控的、不可估量的疼痛感，这已经是我所能做的最冷静的事了。

疼痛是情绪之外的事，也是无关希望或绝望的事。生活正常运转，除了几近凌迟的锐利的痛。无处遁形，恨不能尖叫着将自己粉碎。"停下来吧。真的够了。"——我似乎还想发声，哪怕早已无力呼喊。

常常听到有人说，长期生病的人一定会宁愿付出自己所拥有的一切来交换健康。但其实，"健康"于我而言是一个抽象的概念，无从想象，而朋友、家人、小猫小狗、工作、艺术……在我的生命中都具象又鲜活。我不愿意用任何我所拥有的，去交换任何我得不到的或已失去的。所有好的，坏的，都是我的。每一个“我”，每一个“我们”，这热气腾腾又璀璨的生命，是无论健康或疾病、贫穷或富贵都无法泯灭的光芒啊。

而至于“相信自己会等到奇迹吗？”——这个问题我在多年前就回答过了。

当时医生问我：“你是属于相信奇迹的那类人吗？”

我说：“我就是奇迹啊。”

世界本身就是奇迹。生命也是吧。

12.11.21
Kathy L.

听闻现代医学是有边界的，别担心，艺术是没有边界的。
同样没有边界的你，总可以觅得安慰。

我坐在路旁
贩售
五角钱一份的夕阳。

“发动战争吧，这样我就可以守护这片土地了。”

——你说。

战争结束，你在众人簇拥之下凯旋。

你成了英雄。无人记得战争因你而起。

所以呢？所以，终将会有下一场战争。

我们圈起一块地方
搭建虚假的自然风貌
扬泥土在天上
击落最后一枚太阳。

一片抽象的田野
这世间的斑斓
你是否仍在意?

愿每一个独处的人都与自己为伍
愿每一个无暇与文字相处的人都在忙着幸福。

致谢

感谢我的知音小安娜六年如一日地拼命称赞，让我渐渐相信平平无奇的自己也可以发光。

感谢我的最佳拍档邵碧晴对我的支持，希望这本书的版税足够为她添置一辆无比酷炫的自行车。

感谢挚友 Lori 在我无数次陷入自我怀疑的困境之时，告诉我："我是真的喜欢你的画，肯定还有更多的人喜欢，我们会遇见他们的。"

感谢父母的养育，以及对我自由写作、自由选择生活方式的支持。感谢我亲爱的小姨三十余年来的关爱与陪伴。

感谢我的老板、引领我认识世界的导师傅盛先生多年来的支持、认可与包容。感谢磨铁的每一位小伙伴。感谢建议我“写本书吧”的广大网友。

感谢陪伴我日夜写作的小狗女儿 Harper（而她的小猫弟弟 Gino 很显然并没有帮上任何忙）。感谢“北京约克夏城堡”的朋友与每一只小狗狗提供的情绪价值。

感谢每一位医务工作者的无私奉献，祝大家工资翻番少值班。

还有……感谢读到这里的、每一位用力活着的你们。

对于“活着”这件小事，我从来不曾“超脱”。
乘兴而来已是幸事，倒也不必强求去所无羁。
我挺喜欢我与这个世界的瓜葛。

图书在版编目(CIP)数据

愿你可以自在张扬 / 刘开心著 . -- 北京 : 北京联合出版公司 , 2025. 1（2025.11 重印）. -- ISBN 978-7-5596-8168-3

I. I217.2

中国国家版本馆 CIP 数据核字第 20240JH100 号

愿你可以自在张扬

作　　者：刘开心
出 品 人：赵红仕
责任编辑：龚　将

北京联合出版公司出版
（北京市西城区德外大街 83 号楼 9 层　100088）
北京盛通印刷股份有限公司印刷　新华书店经销
字数 112 千字　787 毫米 × 1092 毫米　1/32　8.25 印张
2025 年 1 月第 1 版　2025 年 11 月第 8 次印刷
ISBN 978-7-5596-8168-3
定价：58.00 元